Casper en Elvig worden wereldberoemder

HERMINE LANDVREUGD

CASPER EN ELVIG

worden wereldberoemder

De Harmonie
Amsterdam

voor René en Wolf (Faka, G?).

Als je een Chinees was zou je in de maan
geen gezicht zien maar een konijn
wat de vraag oproept
wat zij in onze gezichten zien

Adriaan Jaeggi
(uit: *Sorry dat ik het paard en de hond heb doodgeschoten*)

PYRE-NEE! PIERE-JA!

Het is de eerste dag van de zomervakantie en dat vinden veel kinderen fijn, maar Casper weet het zo net nog niet.

Hij staat op het vliegveld om zijn moeder uit te zwaaien die drie weken met vakantie gaat naar de Pyreneeën. En hij moet bij zijn oma en opa logeren. Drie weken, daar komt geen eind aan, dat is bijna je hele leven, denkt Casper. Zijn moeder staat met haar grote rugzak bij de incheckbalie. Ze heeft er een steelpannetje aan vastgebonden dat er niet meer in paste. Ze draagt haar hoge, nieuwe bergschoenen. Die heeft ze iedere dag, als ze thuis kwam van haar werk, aangetrokken. Ze banjerde ermee door de kamer. 'Inlopen' noemde ze dat, zodat ze bij het bergwandelen geen blaren krijgt. Als je ze hebt ingelopen, dan zitten ze pas lekker. Anders heb je er voortdurend last van, zegt zijn moeder.

'Ik kan ook heel goed bergwandelen,' had Casper gezegd. En hij deed het voor. Hij hoefde er niet eens nieuwe, dure bergschoenen voor te hebben, hij kon het gewoon op zijn sokken. Met zijn armen zwaaiend, links, rechts, bergwandelde Casper door de kamer. Rond de tafel, vier rondjes, door de gang naar de keuken, de bijkeuken in, waar hij over de wasdroogcombinatie heen klom. En snel terug naar de kamer; want de bijkeuken daar komt hij liever niet, het is er altijd kouder dan in de rest van het huis en het ruikt er raar.

'Ik kan makkelijk drie weken achter elkaar bergwandelen,' zei Casper. 'Mak-ke-lijk.'

'Dat geloof ik best,' zei zijn moeder. Maar ze zei niet dat hij mee mocht. Hij mag niks, ook niet alleen naar school lopen. Mama brengt hem elke dag met de auto want ze 'heeft haar werkschema zoveel mogelijk aangepast aan zijn rooster'.

'Ik kan drieduizend weken bergwandelen,' zei Casper, 'zonder eten en drinken. En zonder televisiekijken.'

'Je bent geweldig,' zei zijn moeder. Maar ze zei nog steeds niet dat hij mee mocht.

Misschien ook omdat wat hij deed nog niet echt op klimmen leek. Hij klom op een stoel en van de stoel op de tafel met het glazen blad. Die was glad, zo op zijn sokken, het leek wel ijs. Casper had hoogtevrees; hij vond de tafel al te hoog om op te staan. Hij stootte bijna een glas granaatappellimonade om.

'Pas nou op!' zei zijn moeder, 'kom onmiddellijk van die tafel! Er wordt in dit huis niet op de meubels gestaan!'

Casper maakte een hele grote stap, van de tafel naar het ouderwetse houten kastje met de leeuwenpoten. Dat hadden ze van oma en opa gekregen toen die kleiner gingen wonen in hoe-heet-het, dat stadje met die dierennaam. Hij kon er net bij, maar het kastje was glad, de Thaise huishouder had het pas geboend. Hij zette zijn ene voet erop, maar omdat hij zijn sok maar half aanhad, en er bij de teen een lange flap zat waar hij met zijn andere voet op ging staan, viel hij. Zijn moeder kon hem nog net vastpakken. Ze zette hem met zijn beide voeten op de grond.

'Casper,' zei ze, 'nu moet je goed luisteren. Jij gaat niet mee naar de Pyreneeën. Jij gaat naar opa en oma. En als ik terugkom, gaan we iets gezelligs doen met zijn tweeën. Naar de dierentuin of een pretpark of iets anders, wat jij wilt.'

'Ik wil wel mee naar de Piere-nee-en,' zei Casper en hij probeerde zijn moeder met zijn flapsokvoet een schop te geven, 'ik wil wel mee.'

'Nee, je gaat niet mee.'

'Ja, ik ga wel mee! Ja, mama, ik ga wel met jou naar de Piere-ja, wel, ik ga wel naar de Pierenee... Piere-ja...'

Zijn moeder moest lachen en drukte hem tegen zich aan. Kroelde met haar neus door zijn krullen. En hoewel hij boos was, sloeg hij toch zijn armen om haar heen want dat voelde altijd zo lekker.

'Kijk eens wat ik voor je heb,' mama gaf hem het *Grote Vakantie Doe Boek Vol Leuke Weetjes En Knutselideeën!* Met een uitroepteken erachter. Ze zei: 'Voor als je je bij opa en oma een keertje verveelt. Dan pak je gewoon gezellig dit boek.'

'En als jij je in de Pyreneeën verveelt, pak je gewoon gezellig het vliegtuig terug naar huis,' zei Casper.

9

'Het is een vrijgezellenreis, Casper Pluizebos,' zei zijn moeder. 'Misschien kom ik wel thuis met een papa voor jou.'

'Dat hoeft niet,' zei Casper.

Zijn vader, die hij nog nooit heeft gezien, is brandweerman in Amerika. Later gaat Casper hem wel een keertje zoeken, dat is makkelijk want hij kijkt gewoon op het journaal waar er brand is in Amerika, nou, en daar is zijn vader dan natuurlijk ook. Trouwens, als zijn moeder een andere papa gaat zoeken, moet ze dat eerst aan zijn echte papa vragen. Denk maar niet dat een Amerikaanse Brandweerman zomaar alles goed vindt.

'Dus je kan gewoon thuisblijven.'

'Nu wil ik er niets meer over horen.' Casper zag dat zijn moeder haar ogen samenkneep. En dan moest je oppassen. Als ze haar ogen samenkneep tot gemene spleetjes. En met haar hand je kin optilde om je recht aan te kunnen kijken. Dan zei ze: 'Moet ik soms een knor in mijn ogen zetten?' Dat leek misschien niet zo erg, maar als je die donderende 'r' hoorde dan wist je wel beter. Erger dan onweer.

Zijn moeder geeft Casper een stevige knuffel, het steelpannetje dat aan de rugzak hangt, schudt heen en weer. 'Als ik terugkom, gaan wij iets leuks samen doen.'

'Dat heb je al gezegd.' Casper knuffelt haar niet terug maar houdt zijn armen recht langs zijn lichaam.

Nu staat zijn moeder in de rij bij de band waar de handbagage wordt gecontroleerd.

Casper hoopt dat de man met de pet die ernaast staat zegt: 'Ho! Stop! Nee, u mag niet weg! In geen geval! U vergeet dat jongetje daar, met die mooie krullenbol.' Maar dat gebeurt niet. Mama krijgt de rugzak terug, hangt hem om een schouder, wuift nog een keer en is weg. Casper ziet nog net het pannetje verdwijnen in de massa.

Casper zag een paar dagen voor het vertrek van zijn moeder, een lijstje op tafel liggen, waarop stond 'Niet vergeten!' met een uitroepteken en dik onderstreept. Lucifers, stond erop, deodorantroller, thermosokken en elastiekjes. Daaronder schreef hij: Casper.

Opa, die achter Casper staat, legt een hand op zijn schouder. 'Nou, dan gaan wij ook maar, hè, jongen?'

Casper geeft geen antwoord. Opa is een intellectueel, zegt mama. Dat betekent dat hij werkt met zijn hersenen. 'Hij denkt logisch na,' zegt mama. 'Eerst A en dan B.' Mama werkt zelf met haar fantasie. En ik werk gelukkig helemaal niet, denkt Casper, want als je werkt, heb je weinig tijd om te lanterfanten.

Opa heeft hele grote oren maar toch verstaat hij je vaak slecht. Hoe dat kan, begrijpt Casper niet. Opa is ook gekrompen de laatste tijd. Casper stelt zich wel eens voor hoe opa er over een paar jaar uitziet, net zo klein als Casper maar met hele grote oren die over de grond slepen en een neus waarvan het puntje ook de grond raakt.

Bij opa en oma gaat de tijd langzaam. Veel langzamer dan thuis. Aan de muur in de huiskamer hangt bij opa en oma een grote houten klok met een goudkleurige slinger en goudkleurige wijzers. Die komen bijna niet vooruit. Dat is natuurlijk omdat die wijzers ook oud zijn en uit zichzelf moeten lopen over die wijzerplaat. Zijn moeder heeft een plastic klokje dat op een batterij loopt, dat gaat automatisch, die cijfertjes die springen tenminste gewoon snel door, hophophophop en de dag is om. Bij opa en oma hangt naast die klok, boven de deuropening, een klein lampje, in de vorm van een kruis met een naakt, mager mannetje zonder onderbroek. Een hele mooie lamp, vindt Casper. Oma zegt dat het een beroemde man uit een boek is, ze noemt hem Ons Licht. Dat is een gekke naam, vindt Casper. Hoewel, voor een schemerlamp valt dat wel mee.

Opa en oma lopen naar de treinen. Oma duwt langzaam haar rollator voort.

'We vinden het heel gezellig dat je bij ons komt logeren,' zegt oma en knijpt Casper zacht in zijn bovenarm. 'Jij ook toch, liefje?'

'Ja,' zegt Casper, hoewel je niet mag liegen tegen je oma. Ze doen best leuke dingen. Soms. Bowlen bijvoorbeeld. Maar voordat ze een keer de deur uit zijn! Eerst moet oma, met haar laptop op schoot, googelen of de bus rijdt en er geen omleidingen zijn. En dan die dutjes! Een dutje voor het eten, een dutje na het eten, een dutje in de stoel, een dutje op de bank, een dutje voor de televisie, een dutje dat per ongeluk gaat, en dan een dutje expres. Een kort dutje, een lang dutje, een dutje met gesnurk en een dutje waarvan je mond openzakt, een dutje waarvan je kunstgebit uitvalt, een dutje waarbij je een windje laat, een dutje dat duurt en duurt en duurt. Na dat dutje gaan ze koffiedrinken. Als oma niet dut, zit ze op bloemen- en plantenforums of op de site van supermarkten om te zien of de pokon in de aanbieding is. Omdat te veel betalen eeuwig zonde is, zegt ze. Of oma schuifelt met volle koffiekopjes de kamer in – voorzichtig zodat de koffie niet over de rand op het schoteltje klotst – en met lege kopjes schuifelt ze weer terug.

Opa leest. Casper mag niet alleen het huis uit want dat vinden opa en oma gevaarlijk. En computeren en tv-kijken daar heeft Casper geen zin in, dat kan hij thuis bij zijn moeder ook.

Oma vraagt soms of hij Super Mario wil spelen, dat vindt zij echt grappig, ze zit er altijd bij te lachen en is al op level 98.

Wel leuk van opa en oma is dat ze van vroeg opstaan houden. Het liefst om zes uur. Dan geven oma en Casper samen de plantjes in de voortuin water. Als Casper op zijn tenen staat kan hij net de grote ijzeren gieter in de regenton onderdompelen. Dat regenwater is altijd ijskoud, lekker, hij rilt ervan. Hij laat de gieter halfvol lopen, anders wordt hij te zwaar, maar evengoed tilt hij hem met twee handen.

's Morgens vroeg zie je de meeste slakkensporen. Oma loopt de kleine stukjes in en om het huis zonder rollator. Zij wijst de plantjes aan, de sleutelbloemen, de lupine en de viooltjes, en oma praat tegen ze want dan groeien ze beter. Soms duren de gesprekken Casper te lang. Als hij klaar is met gieten en weer in de keuken staat, is oma nog in gesprek met de oranje viooltjes.

'Hou toch eens op met dat geklets, die planten worden er horendol van, waar heb je het eigenlijk over met ze?' zegt opa.

'Dat kan ik echt niet zeggen,' zegt oma. 'Dat is strikt geheim. Dat is iets tussen de bloemetjes en mij.'

'Als je ze maar geen slechte dingen over mij vertelt,' zegt opa en dan vraagt hij wat oma op haar beschuit wil. Maar oma smeert haar beschuiten liever zelf want als opa dat doet, breken ze in stukjes, zit er aan zijn handen boter en aardbeienjam en ligt de tafel vol kruimels. Koffiezetten kan hij ook niet omdat hij vergeet het koffiezetapparaat aan te zetten of hij doet geen koffie in het filter.

'Gelukkig maar dat ik er ben,' zegt oma met een knipoog, 'anders wordt het hier een cha-os.' Bij die laatste lettergreep tuit ze haar lippen op een grappige manier waardoor er allemaal fijne plooitjes in haar bovenlip komen. Daar kijkt Casper graag naar.

Wanneer de krant niet in de brievenbus valt terwijl ze ontbijten maar pas als het al koffietijd is geweest, dan zegt opa: 'Die vermaledijde krantenjongen!' en beent op zijn gebreide sokken naar de gang.

Casper weet wel wat dat betekent, daar bedoelt opa mee dat hij heel blij is dat de krantenjongen toch is gekomen.

HÉ, JIJ DAAR! CHINEES!

De trein staat er al. Opa en oma wonen in een stadje met een dierennaam, maar Casper onthoudt nooit hoe het heet. Casper logeert ook soms de vrijdag-, of zaterdagnacht bij hen, als zijn moeder 'op stap' gaat.

'Moet ze weer zo nodig aan de zwier,' zegt oma en trekt haar neus op. Als zijn moeder hem de volgende dag ophaalt, ziet ze bleek en heeft ze meestal hoofdpijn.

'Eigen schuld,' zegt oma dan.

'Zoek jij maar een mooi plekje voor ons bij het raam,' zegt oma. Casper is al weg, hij rent over het perron, langs een groepje jongeren die op rugzakken zitten en hangen, hij springt, eentwee, zo over de treden heen de trein in.

In de coupé zit een meisje met een grote bos zwart en oranje geverfd piekhaar dat rechtop staat en waar ook nog hier en daar vlechtjes in gedraaid zijn. Ze draagt grote soldatenlaarzen die ze gewoon op de bank tegenover haar heeft gelegd. Ze lacht heel vriendelijk naar Casper.

Casper is in de meivakantie ook al bij opa en oma geweest. Zijn moeder had beloofd dat ze naar een pretpark zouden gaan, maar ze was overwerkt omdat ze te veel pindakaas had verkocht. Toen wou ze een paar weken in haar eentje zijn.

Altijd maar die pindakaas, Casper wordt er niet goed van. Nu waren ze bezig pindakaas aan de Chinezen te verkopen, zei zijn moeder. En het lukte niet. Het leek Casper eenvoudig, zijn moeder moest die Chinezen aankijken, een knor in haar ogen zetten, door haar knieën zakken, hun kin optillen en zeggen: 'He, jij daar! Chinees! Koop deze pindakaas, nu!' Toen hij dat aan zijn moeder had voorgesteld, moest ze lachen. Ze zei dat dat niet zo makkelijk ging omdat er meer dan een miljard Chinezen zijn.

Casper kijkt uit het raampje. Hij ziet zichzelf in de weerspiegeling. Hij ziet ook de sproetjes op zijn wang die samen een soort muzieknootje vormen. Zijn moeder zegt wel eens, als ze hem stevig knuffelt, dat ze dat nootje kan horen, een geheim melodietje.

Er klinkt een schrille toon. De trein schudt en ronkt, de deuren klappen dicht, de trein vertrekt.

Hé! Opa! Oma! Die staan nog op het perron! Casper veert op, kijkt door het raam, zijn handen rond zijn gezicht, hij bonkt met zijn vuist. Daar! Tussen die hele groep jongeren met rugtassen en slaapzakken en volle plastic tassen, daar ziet hij nog net opa en oma! Oma zit raar geknield op de grond, met haar hand om haar bovenbeen. De rollator met Caspers logeertas erop is omgevallen.

Dan is het perron verdwenen en alle mensen die erop staan, want de trein zoeft door een donkere tunnel. En Casper zit alleen op het treinbankje. Met tegenover zich een meisje met raar maar vrolijk haar.

Ik reis alleen, zegt Casper tegen zichzelf. En hij vindt het niet erg. Zijn moeder zegt altijd: als je ooit de weg kwijt bent, je hebt een mond, dus dan vraag je het gewoon. Maar hij vraagt niets, aan niemand. Als hij zo in de weerspiegeling van het raam kijkt, lijkt hij niet op een jongen van negen, maar op iemand uit groep acht, een jongen van zeker twaalf. Hij lijkt op een jongen die na de zomer naar de brugklas gaat.

Casper heeft een kriebelig gevoel, overal, zelfs in zijn haar en in zijn oorlellen, echt lekker kriebelig. Dit is nog eens iets anders dan drie je-hele-leven-lange weken bij je googelende of dutjesdoende opa en oma.

De trein raast de tunnel uit en door de weilanden met koeien, weilanden met bloemen in alle kleuren en windmolens en hoogspanningsmasten.

Maar als hij door het gangpad naar de volgende coupé gluurt, ziet hij een conductrice met een rood hoedje op de kaartjes knippen. Gelukkig is hij goed in verstoppertje spelen. Hij gaat onder de bank liggen. Zo ver mogelijk tegen de wand gedrukt. Het punkmeisje grinnikt. Ze legt haar vingers, met zwartgelakte nagels, tegen haar lippen en gaat op Caspers bank zitten, zodat haar benen, met gestreepte kousen en die grote soldatenschoenen, Casper aan het zicht onttrekken.

Casper ligt zo dicht bij die grote zolen dat hij ziet dat er uitgekauwde kauwgom onder geplakt zit.

Ze mogen wel dweilen onder die bankjes, er ligt een gedeukt blikje, een klokhuis, gebruikte treinkaartjes en een dubbeltje. Dat steekt Casper in zijn zak. Het kon wel eens een speciaal dubbeltje zijn, zo'n dubbeltje dat je op een bepaald moment precies nodig blijkt te hebben. Hij stopt het in het piepkleine vakje bovenaan zijn broekzak.

Daar ziet hij de donkerblauwe broek van de conductrice naderen. Ze staat zo dichtbij, hij kan haar zonder zijn arm te strekken aan raken. De schoenen van de conductrice zijn geveterd met een strakke dubbele knoop.

'Dank u,' hoort Casper haar zeggen en ze loopt verder op haar piepende gummizolen.

Casper wil onder de bank vandaan schuiven maar het punkmeisje houdt haar laarzen stevig bij elkaar en sist iets. Hij hoort voetstappen. Daar komen de blauwe broek met de vouw en de gummizolen weer terug.

Er wordt een deur dichtgeschoven.

Met haar hoofd ondersteboven hangt het punkmeisje voor Casper. Haar staartjes slierten over de vieze grond. Ze zegt: 'Komm mal, du.'

Zo heet ze zeker, denkt Casper. En hij schuift onder de bank vandaan. Hij geeft haar netjes een hand.

'Dank u wel, Commaldoe.' De hand van het meisje voelt zacht en is oranje beschilderd.

De trein mindert vaart. Een krakerige stem zegt iets door de luidspreker, 'Eindbestemming,' hoort Casper. Ze rijden een grote stad binnen, Casper ziet hoge huizen en gebouwen, trams en heel veel auto's. En dan op een muur een levensgroot reclamebord voor Artis in de vorm van een giraffe, die zegt 'We zijn zomers ook 's avonds open!' Mooi, hier is een dierentuin!

Casper staat in de grote stationshal. Overal zijn kleine winkeltjes en kiosken. Mensen lopen en rennen kriskras heen en weer, trappen op, roltrappen af, bekertjes met witte dekseltjes erop in hun ene hand en met de andere grissen ze gratis kranten uit bakken. Casper voelt hard een elleboog in zijn zij van een mijnheer met een zakenkoffertje en daarna krijgt hij van een vrouw in een keurig mantelpakje en een hondje op haar arm een duw in zijn rug. Hij struikelt over een karretje op wieltjes van een stewardess die 'sorry' zegt, op haar horloge kijkt en snel doorloopt op haar donkerblauwe hakschoentjes. Het geklik daarvan doet Casper aan zijn moeder denken, al zijn mama's pumps puntiger en hoger. Twee jongens met petjes op rennen een cd-winkel uit en iemand roept: 'Houd de dief!'

Casper gaat in een hoekje op een brede stenen trap zitten. Hij ziet de billen van de knappe stewardess in die knalblauwe rok nog net bovenaan een roltrap verdwijnen.

Een man in een gescheurde jas en met een geklitte baard steekt een vuile hand in een prullenbak en haalt er een halfopgegeten hamburger uit. Propt die in zijn mond.

Casper zou ook wel iets lusten. Zijn oma heeft altijd een rol pepermunt in haar tas. En thuis bij opa en oma krijgt hij witte bollen met jam. Hij vouwt het bolletje altijd open en likt de jam eraf. Van zijn moeder mag dat niet, maar van oma wel. Zijn maag gromt van de honger.

'Hé, jij, let effe op!' Een dikke jongen, ouder dan hij, komt door de hal aangefietst op een grote, rammelende fiets. Hij fietst staand omdat hij anders niet bij de trappers kan. Achterop is met rafelig touw een houten kistje gebonden. De jongen, die stekelhaar heeft, springt van de fiets en zet hem op de standaard vlak voor Casper.

'En niet ermee vandoor gaan, hè?'

Voordat Casper kan antwoorden is de jongen al de Albert Heijn in geschoten. Door de winkelruit houdt Casper hem in de gaten. De jongen loopt direct naar het apparaat waar je, als je er geld in gooit, een bekertje koffie uit kan halen. Hij kijkt om zich heen. Drukt op een knop. Geeft met zijn schouder een flinke duw tegen het apparaat. Hij is sterk, dat zie je zo. Duwt nog eens en steekt zijn vingers in een opening.

Daar is hij weer. Hij loopt naar de snackmuur. Gooit munten in de gleuf en trekt drie witte kartonnetjes uit de muur. Hapt in een bamischijf en houdt de andere snacks gestapeld in zijn hand.

Caspers maag gaat tekeer. De jongen ziet de hongerige ogen van Casper. Kijkt naar de snacks in zijn hand. Wenkt, zijn wangen bol van de grote happen die hij neemt.

Casper vliegt op hem af De jongen gebaart dat Casper de fiets moet meenemen. Met de grote fiets aan zijn hand, loopt Casper naar de jongen toe.

WIE HEET ER NOU CASPER PUISTEKOP?

'Hier.' Casper krijgt een frikandel-speciaal, hij likt de mayonaise van het kartonnetje. Daarna krijgt hij een stuk kaassoufflé. De jongen neemt zelf de grootste helft maar dat is logisch.

'Waar ga je naartoe?' De jongen heeft een sliert bami op zijn wang.

'De dierentuin,' zegt Casper.

'Spring maar achterop, ik breng je.' Hij grijnst, hij mist een stuk van zijn voortand.

Casper hijst zich in het houten bakje.

'Hou je goed vast! Want ik ga wel keihard gassen!'

Hij fietst staand door de drukke stationshal. Hij roept: 'Aan de kant! Kijk uit! Opzij!' Hij belt met zijn fietsbel maar die doet het niet omdat hij verroest is.

Het achterspatbord rammelt, het houten bakje zit los en Casper schuift heen en weer.

Buiten, in het felle zonlicht, rijden ze langs een gracht met rondvaartboten en over een druk fietspad en daarna over een plein met duiven.

'Hoe heet je? Ik ben Elvig!'

'Casper Pluis. M'n moeder noemt me Casper Pluizebol!' Casper moet hard roepen om boven het geluid van rinkelende trams, optrekkende brommertjes, scheurende taxi's, en een vals spelend draaiorgel uit te komen.

'Casper Puistekop? Wat een rare naam! Wie heet er nou Casper Puistekop?'

'Nee!' roept Casper tegen de stevige rug in dat oude trainingsjasje voor hem, 'zo heet ik niet, ik heet...'

'Geintje! Let op, ik ga je zo laten zien hoe je over...'

En dan verstaat Casper hem niet meer want hij luistert niet. Hij houdt zich goed vast aan de ruwhouten randen van het schuivende groentekistje en hij kijkt naar de felgekleurde reclameborden op de huizen, voor goedkope pizza, voor goedkope hotels, voor blauwwitte stenen molentjes, voor goedkoop bier in een café, voor nog meer pizza's, voor 'NU! DRIE HALEN TWEE BETALEN', hij kijkt naar de fietstaxi's die ze passeren, en hij is blij, blij met zijn nieuwe vriend Elvig en omdat hij naar de dierentuin gaat en om nog veel meer dingen die hij niet weet maar wel voelt.

Zijn moeder zou zeggen: 'Casper, verdorie, wat doe je nu weer!'

Casper vindt het net de naam van een land, Verdorie. Het ligt ergens bij Polen en Roemenië. Zijn moeder moest, voordat ze pindakaas verkocht, een keer reizen verkopen en schreef een reisfolder. Ze schreef dat alle kamers van een hotel uitzicht hadden op zee, maar dat was helemaal niet waar. En er was ook geen zwembad op het dak. Casper maakte ook een reisfolder. De Verdoriërs zijn een gastvrij volk, typte hij. Ze eten ijsjes met acht bolletjes. Ze hebben ook een zwembad. Daarna wist hij niets meer en ging buiten spelen.

De fiets hebben ze tegen het hoge hek op slot gezet. Ze staan bij de dierentuin. Maar niet bij de ingang, die is een heel eind verderop. Casper wrijft over zijn billen, die doen pijn omdat hij zo lang in dat harde kistje heeft gezeten.

Achter het hek, op het grasveldje, staan stenen beelden van dinosaurussen met grote klauwen en dubbele rijen scherpe tanden.

Elvig legt het uit: 'Je moet snel zijn. Je klimt op de fiets, je zet je voet daar, op die horizontale spijl, dat past net, dan stap je tussen die scherpe punten door, en dan laat je je, met een soort halve sprong, zakken op de kop van die dinosaurus, die ene met die opengesperde bek, en dan ben je er dus.'

'Ik ga wel eerst,' zegt Elvig. 'Let goed op. Jij staat op de uitkijk.'

Casper kijkt goed of niemand die op de stoep loopt doorheeft wat ze van plan zijn. Een oud dametje in een geruit jasje en met keurige grijze krullen komt voorbij, tilt haar poedeltje op en wacht voor het stoplicht.

'Ja,' wil Casper zeggen, 'je kan.' Maar als hij zich omdraait, ziet hij Elvig al bovenop het zadel van de fiets staan. Hij hijst zich omhoog aan de spijlen, zucht en steunt, hij wringt zijn voet tussen het hek, blijft klem zitten met zijn kuit, Casper hoort hem mopperen, en dan, hop, daar springt hij al bovenop de grote kop van de dinosaurus. Elvig weegt veel en Casper is bang dat de kop van dat beest afbreekt. Maar nee, Elvig glijdt van de stenen dinosaurusrug en daar staat hij in het perkje.

'Kom dan, slome,' zegt Elvig, 'nu jij.'

Ze gaan eerst naar de stokstaartjes want dat is Elvigs favoriete dier. Het is een soort marmot, die mooi rechtop kan staan en dan zijn kopje met een ruk naar links en rechts draait.

Elvig kan ze goed nadoen.

'Die ene kent mij,' zegt Elvig. 'Let maar op, als ik fluit, komt hij.' Elvig fluit schel op zijn vingers. Zo hard dat de speekselspetters in het rond vliegen.

Casper heeft het idee dat het stokstaartje juist weg-vlucht als hij het gefluit hoort. Zich snel op zijn voor-pootjes laat zakken en, floep, in een holletje van de heuvel verdwijnt. Na een halve minuut pas, laat hij, voorzichtig, zijn bewegende neus met lange snorharen weer zien.

'Zie je, hij is mijn vriend.' Elvig fluit nog een keer. Casper houdt zijn handen voor zijn oren.

Daarna gaan ze naar de gieren want het is voeder-tijd. Dat is een eind lopen en onderweg doet Elvig het stokstaartje na. Knap, vindt Casper, als Elvig bruin en behaard was, was hij precies een grote, dikke stok-staart. Wanneer Casper dat zegt, kijkt Elvig hem niet aardig aan.

De gieren zitten in kooien met stalen tralies. De kooien zijn zo hoog dat er bomen in groeien. En in die bomen zitten drie gieren. Als de verzorger met zijn emmer de kooi in stapt, zeilen ze naar beneden met hun gigantische vleugels. Als een gier zijn vleugels spreidt, dan is de afstand van het ene vleugelpuntje naar het andere minstens zo groot als Casper lang is.

'Misschien kan je op de rug van zo'n gier zitten,' zegt Casper, 'en vliegen.' Hij ziet het voor zich. Zoef, daar stijgen ze op uit de kooi, over de dierentuin, over de stad, naar de bergen, en daar, kijk, beneden in de sneeuw, daar klimt zijn moeder op haar nieuwe schoenen met haar thermosokken aan en een doosje lucifers in haar hand. Er klimt een blonde man naast haar die zijn gebleekte tanden tegen haar bloot lacht, nep, want er valt helemaal niks te lachen. De man wil haar een hand geven om haar de berg op te trekken, maar daar komt niks van in. Casper spoort de gier aan, ze scheren in duikvlucht naar beneden, Casper steekt zijn been uit en daar stort de man met zijn gebleekte tanden achterover de berg af.

'Jij kan zonder gier ook vliegen,' zegt Elvig. 'Die grote neusgaten van jou, daar vang je wind mee. Dat zie ik zo.'

Ze kijken hoe de grote vogels de dode konijnen en ratten verslinden die de verzorger uit zijn emmer schudt. Met hun vlijmscherpe snavel scheuren ze happen uit het vlees. De jongens vinden het zielig voor die konijntjes. Voor de ratten niet, want dat zijn vieze beesten.

Een bloederige sliert vlees hangt aan de snavel van een gier. Hij gooit zijn kop achterover en slokt het op. Casper rilt. De jongens blijven staan, hun neus tegen de tralies gedrukt, tot de gieren geen honger meer hebben en loom klapwiekend weer opstijgen, de bomen in.

Dan gaan ze naar de pinguïns. Maar die vinden ze

erg saai. De pinguïns waggelen heen en weer en soms duikt er een in het water. Klimt er een stukje verder uit en waggelt weer door. Ze vechten niet en ze maken geen leuk geluid.

'Pinguïns, dat is geen goeie handelswaar. Daar heb je weinig aan,' zegt Elvig. Casper probeert ze te tellen, het zijn er minstens vierentwintig.

'Vierentwintig suffe, saaie pinguïns. Ik denk niet dat ze er eentje zullen missen.' Elvig kijkt om zich heen. Er loopt een klein meisje in een wit jurkje, in haar knuistje een roze ballon, aan de hand van haar oma.

'We kunnen er eentje vangen en voor de beren gooien,' stelt Elvig voor.

De pinguïns zitten op een rotsachtig terrein met een laag hek ervoor, waar je zo overheen kunt. Het hok met de grizzlybeer is niet ver. Casper wil wel zien hoe een beer een pinguïn opeet.

'Maar dan zouden we hem in mijn rugzakje moeten stoppen, bij mijn boek,' zegt Casper. 'Als we hem gewoon in onze arm houden, zien de mensen ons ermee lopen.'

'Misschien kan er een onder jouw trui,' zegt Elvig.

Ze denken erover na. Casper trekt aan zijn trui om te kijken hoever die rekt. Dan ziet Elvig op zijn namaak-Rolex horloge dat ze weg moeten. 'Ik help mijn vader altijd op de markt,' zegt hij.

Ze gaan door de uitgang naar buiten. Ze doen een wedstrijd wie het eerst bij de fiets is.

'In de Pyreneeën zijn ook gieren,' zegt Casper, 'in de bergen.'

'In Bergen?' schreeuwt Elvig, die alweer hard racet, 'zijn daar gieren? Bergen, ik weet wel waar dat is. Bergen en Bergen aan Zee, dat is vlakbij Bakkum, daar ga ik elke zomer naartoe. Ik ben goed in topografie, daar heb ik een zes voor.'

Hij scheurt door rood, een taxi toetert en Elvigs nek is nat van het zweet.

'Zijn die pompoenen wel lekker?' vraagt een Surinaamse mevrouw in een strakke felgeel, oranje en paarse jurk. 'Dit zijn koninklijke pompoenen.' Elvigs vader houdt er in elke hand een omhoog. 'Voor deze pompoenen doet zelfs de koningin een moord.' De mevrouw giechelt en doet haar boodschappentas open. De vader van Elvig legt ze erin en geeft de mevrouw een knipoog. Hij stroopt zijn mouwen op zodat je zijn spierballen goed ziet. De mevrouw trippelt weg op haar hakschoenen en laat haar grote billen extra heen en weer wiebelen onder haar jurk. Die billen lijken ook op pompoenen, denkt Casper, maar dan op zachtebillenvleespompoenen. Hij doet haar loopje even na.

'Hé, binken,' begroet Elvigs vader de jongens die onder de uitstaltafel doorkruipen. Hij houdt ze een plateau voor met stukjes moesachtig fruit.

'Proef maar,' zegt hij, 'cactusvrucht. Gewoon proberen, niet zo kinderachtig. Sommige dingen moet je leren eten.'

Casper zegt 'nee, dank u' want hij lust geen dingen die hij niet kent. Elvig trekt een vies gezicht. 'Jij hebt zeker die muur leeggetrokken op het station,' zegt zijn vader, 'als je maar niet door die hal hebt gefietst, weet je hoeveel bekeuringen ik al van je binnen heb? Heeft hij weer op het station gefietst?' vraagt hij aan Casper. Elvig geeft Casper een por in zijn ribben. Voordat Casper antwoord kan geven staan er alweer klanten aan de kraam. Een mevrouw wil graag mandarijnen, maar alleen als ze heel zoet zijn en zonder pitten. Een jongen met een rossig sikje vraagt of ze ook onbespoten sperziebonen hebben. Iemand anders roept: 'Ik was eerst! Ik wil een kilo trostomaten!'

'Kom op, slome, pak zo'n zak,' zegt Elvig. Hij pakt de glanzend rode tomaten uit de kist, legt die op de weegschaal en schuift ze in de papieren zak die Casper openhoudt.

'Beste mensen, hierrr moet je zijn als je weinig geld heb!' roept Elvig, 'maar liever ook weer niet te weinig!'

'En kijk uit dat niemand iets gapt,' voegt hij er tegen Casper aan toe. 'Maar dat kunnen ze beter ook niet proberen want dan krijgen ze met mijn vader te maken. Marktkooplui bellen de politie nooit, die lossen het zelf op, die verbouwen je tronie als je aan hun spullen komt.'

'Zo grof zou ik het niet zeggen,' zegt Elvigs vader, 'Ik noem het "ontmoedigingsbeleid". Maar je moet inderdaad niet zonder betalen met je tengels aan onze handel komen.'

En dan helpt hij de volgende klant, een jonge vrouw in een strakke spijkerbroek en een glanzend baseball-jack, die spinazie wil, een pond, het liefst wilde. 'Die smaak hebben we niet,' zegt hij, 'dat wilde denk je er zelf maar bij vandaag. Dat kun jij vast wel als ik zo naar je kijk.' De vrouw moet lachen en neemt gewone spinazie.

'Drie citroenen,' roept iemand, 'of toch liever vier limoenen!' En de volgende wil paprika's maar alleen de groene en als ze niet uit een kas komen, en iemand vraagt of er ook witte grapefruits zijn en anders peren, maar dan die je kan stoven, een ander is zijn portemonnee vergeten en komt straks terug, en iemand vindt de appels te groot of juist te klein en is bang dat ze zuur zijn en die kersen, wat kosten die? En wat zijn dat, wat zegt u, cac-tus-vruchten, waar smaken die naar ('die smaken naar kak, mijnheer,' fluistert Elvig achter zijn hand tegen Casper) en rabarber, kun je dat ook zo uit het vuistje eten? Dan vraagt er iemand korting op de mandarijnen als hij er twee kilo van neemt, maar Elvig zegt dat ze daar niet aan kunnen beginnen want ze zijn al in de aanbieding, 'graag of traag, mijnheer.'

Het valt Casper op dat Elvigs vader vreemde, in elkaar geproffelde oren heeft. 'Dat noemen ze bloemkooloren,' zegt Elvig, 'krijg je van worstelen. Omdat je een bloeding in je oorschelp krijgt. Een groenteman met bloemkooloren. Mijn vader zit op de worstelclub.' 'Je bindweefsel gaat woekeren,' zegt Elvigs vader, die heeft meegeluisterd. 'Vind je het niet mooi?' Hij pakt zijn oren beet en zegt *cheese!* alsof hij op de foto gaat.

Elvigs vader stopt bananen in plastic tasjes, die met veel bruine vlekken op de schil zijn drie trossen voor de prijs van een.

Elvig zegt: 'Je moet dus nooit op worstelen gaan, zeker niet als je weet wat voor pak je aan moet.'

Het is druk op de markt, Elvigs vader brult luid wat hij in de aanbieding heeft, maar de andere koopmannen kunnen er ook wat van.

'Ondergoed met stippeltjes en een klein fabrieksfoutje!' 'Fietssloten met levenslange garantie!' 'Wintertruien voor een zomers prijsje!'

Er klinkt Nederlandse muziek van de cd-kraam en het ruikt naar warme stroopwafels die gebakken worden in het kraampje ertegenover en naar de wierook die het meisje naast hen verkoopt. Ze heeft een sjaal om haar hoofd geknoopt en pakt dozen kruidenthee uit.

'Zij is voorkeurskaarthouder,' wijst Elvig naar het meisje, 'die moet 's morgens maar afwachten waar ze een plek krijgt. Wij staan hier vast. Al jaren. En zij nog langer. Al vanaf de oorlog.' Hij wijst naar twee mannetjes met lange tweedjassen en grijze petten op die aan de andere kant naast hen staan met aardappels, uien en wortels.

'Die twee hebben vroeger echte armoede gekend,' zegt Elvigs vader. 'Nu is er geen armoede meer in dit land. Deze mannen hebben zich hun hele leven, van jongs af aan, over de kop gewerkt.'

'Dat ga ik dus zeker niet doen,' zegt Elvig zacht tegen Casper.

De markt loopt ten einde, de mensen gaan naar huis en alles in de kistjes is bijna op. Er liggen nog een paar slappe sperzieboontjes. Casper kijkt er eens goed naar. Zo voelt hij zich bij opa en oma op de bank, als een slappe sperzieboon. Opa en oma, denkt hij ineens en schrikt, hij heeft helemaal niet meer aan ze gedacht! De jongens van het kraamverhuurbedrijf komen met hun karren en opleggers de markt op en helpen de standhouders afbreken. Er scharrelt een vrouw met een grote tas tussen het marktafval. Ze pakt een ananas uit een doos die in de goot staat, bekijkt hem aan alle kanten en stopt hem in haar gestreepte shopper. Bukt en graaft in een andere doos.

'Een dief! Daar!' Casper wijst. Hij wil graag zien hoe Elvigs vader een tronie gaat verbouwen.

'Jij let goed op!' prijst Elvigs vader. 'Maar aan het eind van de dag, als de markt gaat scheiden, mag dat, anders wordt het toch maar weggegooid. Als ze er maar geen puinhoop van maakt.' Hij zet zijn handen aan zijn mond en roept: 'Hallo, daar, dame! Laten we de boel wel netjes achter!'

Elvigs vader heeft zijn eigen kraam en daarachter een kleine bergruimte. Hij maakt de deur open en steekt zijn hand op naar de eigenaar van de sportshop ernaast, die rekken vol handel de stoep op trekt, de winkel in.

'Zo, dat was 'm weer, prima dagje en prima geholpen jongens.' Hij haalt uit zijn schoudertas zijn dikke portemonnee en geeft de jongens elk een biljet en nog wat geld. Hij zegt: 'Voor de wet mogen jullie eigenlijk nog niet werken omdat jullie te jong zijn. Maar een paar uurtjes op de markt; dat is wel heel wat anders dan twintig uur per dag in een tapijtfabriek in India. Toch? Hoe heet je eigenlijk?' vraagt hij aan Casper.

'Hij heet Casper Puiste...' begint Elvig met een grijns maar Casper geeft hem een zet en zegt:

'Casper Pluis.' Hij kijkt naar het geld in zijn hand. Zelf verdiend. Tot nu toe heeft hij alleen geld gevonden of gekregen voor zijn rapport. Al staan er soms veel minnen op. Zijn moeder en zijn oma gaan altijd eerst een tijdje zeuren, dat hij vast wel beter kan. Maar opa trekt meteen zijn portemonnee. 'Jouw juffrouw mag blij zijn dat ze de liefste Casper van de wereld in haar klas heeft,' zegt hij.

'Casper Pluis, je bent een marktkoopman eerste klas,' zegt Elvigs vader. 'Een groot talent. Waar woon je, moet ik je een slinger geven?'

'Mijn moeder is nog niet thuis,' zegt Casper. En mijn opa en oma zoeken mij en zijn heel ongerust. Maar dat zegt hij niet. Alles is in orde, alleen zij weten het niet.

'Anders ga je even met ons mee,' zegt Elvigs vader, 'dan bel je haar later en dan breng ik je vanavond, of ze haalt je op, daar komen we wel uit. Vind je dat wat?'

'Ja, ga met ons mee,' zegt Elvig, 'dan kun je mijn flekse cabrio zien. Die heb ik van de buurman gekregen.'

Casper wil graag mee. Ze lopen door een paar straatjes naar de oude bestelwagen van Elvigs vader. De grote rammelende fiets met het kistje gaat achterin en Elvigs vader en de jongens gaan met zijn drieën op de voorbank. Casper zakt scheef weg en hij voelt een harde veer in zijn bil prikken. De bestelbus schokt als Elvigs vader schakelt en een van de ramen kan niet open maar dat geeft allemaal niets, de radio doet het en Elvig en zijn vader kunnen mooi meezingen met de liedjes op Radio 3FM.

De grote handen van Elvigs vader liggen losjes op het stuur, en om zijn pols draagt hij een gouden horloge, net zo een als Elvig, de wijzers rennen achter elkaar aan over de plaat. Ze halen elkaar bijna in, zo snel gaan ze.

'Wat ga jij met je geld doen?' vraagt Elvig aan Casper. 'Ik zet het op de bank. Ik zet bijna alles wat ik verdien op de bank. Daar bewaken ze het voor je. Als in een fort. En het wordt door de rente vanzelf meer. Daar hoef je niks voor te doen. En ze geven ook gratis pennen weg.' Hij haalt een witte pen uit zijn broek tevoorschijn met in blauwe letters de naam van een bank.

'Ik bewaar het zelf,' zegt Casper.

Elvig bergt de pen zorgvuldig weg, hij klikt hem weer aan de insteekzak van zijn broek, buigt zich geheimzinnig naar Casper en zegt: 'Ik ga op een dag een klapper maken. Let maar op. Ik ga niet mijn hele leven keihard werken. Ik maak een echte klapper.'

HET LAWAAIHUIS

Een stukje buiten de stad staat een gele zeecontainer. Zomaar, midden in het lange gras, een gele zeecontainer. Met frisse, witte gordijnen voor de ramen. In de hele omgeving is geen huis te zien, niets, behalve slootjes en hoog gras met paarse en gele bloemen. Elvigs vader parkeert de bestelbus.

'Waar is jullie huis dan?' vraagt Casper.

'Daar natuurlijk.' Elvig wijst op de container. 'Dat is een heel speciaal huis. Een Lawaaihuis. Daar kun je niet zomaar in wonen. Dat is alleen voor speciale mensen. Je moet heel hard kunnen schreeuwen, dan krijg je er een.'

'Kun jij dat?' vraagt Casper.

'Ik niet,' zegt Elvig. 'Maar mijn vader wel. Als die schreeuwt, nou dan tuten je oren nog de hele week. Vooral als hij dronken was.'

Casper is onder de indruk. Op de markt schreeuwde Elvigs vader al hard, maar hij kan dus nog harder.

'En daarom kregen jullie dit huis?'

'Ja,' zegt Elvig.

'Maar nu schreeuw ik niet meer hoor, en drinken doe ik ook zelden.' Elvigs vader doet de deur van de container open. Er zitten twee pensloten op en ook nog een gewoon slot.

'Je moet voorzichtig zijn tegenwoordig,' zegt Elvigs

vader, 'de buurman denkt dat hier een insluiper rondloopt. Bij ons valt niet veel te halen maar hij heeft bergen contanten in huis.'

Op de deur zit een stickertje waarop staat *Worstel-
vereniging Door Vriendschap Sterk*, met eronder een plaatje van twee worstelende mannetjes.

'Je krijgt natuurlijk keelpijn als je maar blijft
schreeuwen,' zegt Casper.

'Dat zie jij heel goed,' zegt Elvigs vader. 'Schreeuwen is prima, maar je moet ook weten wanneer het genoeg is.'

'Maar je kan het toch nog wel een keer voordoen
aan Casper,' zegt Elvig.

Elvigs vader moet lachen. 'Doe ik, maar niet vandaag.' Hij gaat naar binnen en de jongens volgen.

Binnen is het klein en gezellig en opgeruimd. Casper voelt zich meteen op zijn gemak. Misschien
hebben ze hier ook een illegale Thaise huishouder,
Casper hoorde zijn moeder een keer tegen een van
haar vriendinnen zeggen 'een illegale Thai is ideaal.'

Er staat een slaapbank waarnaast halters liggen en
halterstangen. In een hoek, onder de vensterbank, ziet
Casper een grote kartonnen bananendoos met Pritt-
stiften, wascokrijt en gekleurde vouwblaadjes en nog
veel meer.

'Hé, een knutseldoos!' zegt Casper enthousiast.

Elvig zegt dat hij nooit meer knutselt omdat dat
voor mietjes is. Tegen de wand staat een boekenkast
die Elvigs vader zelf heeft getimmerd. Onder in die
kast liggen stapels stripboeken en is een plank met een

rij glimmende, zilverkleurige bekers. Er staat ook een foto in een fijn zilveren lijstje, met daarop een jonge Elvigs vader met een snor, lachend, zijn arm om een mooie jonge mevrouw in een korte bontjas. Ze heeft dezelfde zachte bruine ogen als Elvig.

Elvigs vader gaat douchen, knipt zittend aan de keukentafel zijn hand- en teennagels zorgvuldig en stopt daarna zijn worstelspullen in een sporttas. 'Jongens, ik ga even een uurtje naar de club, als jij je moeder dan belt voor ik terug ben? Daar staat de telefoon.'

Casper knikt.

'En brengen jullie even het oud papier naar de papierbak, Elvig?'

Zodra ze Elvigs vader zien wegrijden – hij toetert en hij zwaait – klimt Elvig op een stoel om in de kastjes boven het aanrecht te kijken of er koekjes zijn. 'Wat een gierigaard,' moppert Elvig als hij in alle trommeltjes heeft gekeken.

'Bel je moeder dan nu,' zegt hij.

Die is er nog niet,' zegt Casper. Elvig luistert niet eens, hij roept: 'Kom, we gaan racen in die vette slee!' En de jongens gaan naar buiten.

'Mijn vader blijft een tijd weg, hoor,' zegt Elvig. 'Hij zegt een uurtje maar het zijn er minstens drie. Eerst gaan ze trainen, als ze klaar zijn moeten ze de mat desinfecteren en daarna nog in de sauna.' Hij vertelt dat je van worstelen huidziektes kan krijgen en dat worstelaars daarom veel moeten douchen en de mat goed schoonhouden. 'Omdat ze de hele tijd zwetend over elkaar heen liggen te rollen, dus voor je het weet hebben ze zo allemaal ringworm. Lekkere gore toestand.'

Casper vraagt hoe groot zo'n ringworm is.

'Dat is geen beest, dat is een huidziekte! Dat zeg ik toch net!' Elvig rent voor hem uit.

Wat Casper nog niet had gezien, is dat er een stuk verderop, verscholen achter bosjes en struiken, nog een gele container staat. Daaromheen liggen wel honderden, of duizenden auto-onderdelen. Portieren met kapotte ramen, zonder ramen, gedeukte wielen met verroeste doppen, lege banden, uitlaten, en nog veel meer dingen waarvan je niet kan zien wat het zijn. En er ligt een grote waakhond snurkend te slapen. Zijn harige buik gaat op en neer en kwijl druipt uit zijn mondhoeken op zijn zwarte voorpoten.

'Deze hond is heel gevaarlijk, zegt de buurman,' zegt Elvig. 'Als hij wakker is, maar dat is bijna nooit.'

Casper loopt toch voorzichtig langs het beest.

'En dat is de buurman,' Elvig wijst naar een meneer die verderop ligt te sleutelen en even zijn hoofd onder een auto vandaan steekt.

'Gaan jullie een ritje maken?' De buurman veegt zijn bezwete hoofd af met een rode zakdoek en verdwijnt alweer onder de auto.

De jongens lopen en klimmen over het terrein van de sloperij en daar, opeens, staat hij. Glanzend lichtblauw in de zon, met spoilers die schitteren in het licht.

'Een Amerikaan.' Elvig opent trots het portier. Op

de deuren zijn vlammen gespoten, in geelzwart en oranje. De bekleding binnen is van rood leer en de stoelen zijn breed. Elvig gaat achter het stuur zitten. 'Jij mag straks ook rijden,' zegt hij. 'Heb je wel je rijbewijs?'

'Ja,' knikt Casper, 'allang.'

Elvig start de motor en daar gaan ze. Dat er geen versnellingspook is en dat de auto geen wielen heeft en geen motor, en dat er flinke scheuren in de bekleding zitten waaruit geel schuimrubber steekt, dat geeft helemaal niks.

Na Elvig mag Casper rijden en hij maakt zelf het geluid van de motor. Casper gaat tweehonderdzestig, nee, wel meer dan tweehonderdtachtig. Elvig ziet dat er een motoragent achter ze aan zit, met sirene en knipperlicht. Met piepende en gierende banden zwenken ze de ene straat in, de andere uit, een smal donker steegje door waar ze maar net in passen, ze rijden er alle vuilnisbakken om en een kat rent krijsend weg, hop een stoep over. Ze ontwijken maar net tegenliggers, rijden bijna een oud vrouwtje om dat oversteekt, keren, rijden dwars tegen het verkeer in en schudden de motoragent af. Ha!

Doordat de jongens zo wild bewegen, schudt hun grote lichtblauwe Amerikaanse slee, daarboven op die berg oud roest op dat verlaten terrein. Je hoort er niets, behalve de opgewonden, vrolijke stemmen van de twee jongens. En misschien, als je goed luistert, nog een paar vogeltjes.

'Hadden we bijna dat omaatje geschept,' zegt Elvig.

Dan moet Casper aan zijn eigen oma denken. Die gevallen is op het station.

Dat hij alleen in de trein is blijven zitten vindt hij het beste dat hij ooit heeft gedaan – plus die keer dat hij de hele middag verstopt zat onder de gootsteen en zijn moeder hem niet kon vinden – dat was ook een goeie.

En dan vertelt hij alles aan Elvig, dat zijn moeder op vakantie is en dat hij bij zijn opa en oma zou gaan logeren, maar dat hij niet wil.

Elvig vindt het knap van Casper dat hij niet gevonden werd door de treinconductrice.

'Zullen we verstoppertje doen?' stelt Elvig voor. 'Jij bent 'm.' Net wil Casper zijn ogen dicht doen en tot honderd gaan tellen, als hem te binnen schiet dat hij beter eerst zijn oma kan laten weten waar hij is. Omdat ze zich vast zorgen maakt. Misschien zelfs Ernstige Zorgen.

Behalve van dutjes heeft oma last van Zorgen. Opa niet. Wanneer ze naar buiten gaan maakt oma zich Zorgen dat het misschien gaat regenen. Meestal neemt ze voor de zekerheid haar regenkapje mee. En als ze naar het bowlingcentrum gaan, maakt ze zich Zorgen dat ze de bus gaan missen. Terwijl er altijd weer een volgende komt. Als ze in de bus zitten, maakt ze zich Zorgen dat de ov-chipkaartscanner het niet goed doet, want dat leest ze weleens op internet, en dat ze te veel hebben betaald.

Verder maakt ze zich Ernstige Zorgen over opa, die het aan zijn hart krijgt omdat hij sigaren rookt. En dat de flessen plantenvoeding in de aanbieding die ze op internet heeft gezien, uitverkocht zijn als ze niet snel genoeg naar het tuincentrum gaan.

Het bowlingcentrum is niet ver van het huis van opa en oma. Als het goed weer is, gaan ze wandelend. Toen oma last van haar heup had, gingen ze wandelen met oma in de rolstoel. Het was meer dan twintig graden en Casper droeg een korte broek, maar omdat hij dacht dat oma zich misschien Zorgen zou maken dat het ging regenen, had hij oma's regenkapje gepakt en zelf opgezet. Opa rookte onderweg een sigaar.

In het bowlingcentrum trokken Casper en opa die gekke bowlingschoenen aan, maar oma niet, want die bleef in haar rolstoel zitten. Ze deed wel mee met bowlen. Casper duwde haar voorzichtig tot de lijn, en dan rolde oma haar bal. Maar het leek nergens op. Gewoonlijk was zij er al geen ster in, maar nu had ze, na zeven beurten, nog maar twee kegels omgegooid.

Casper dacht dat oma zich misschien Ernstige Zorgen maakte dat ze bijna geen punten scoorde. Nog minder dan anders. En dat terwijl ze last van haar heup had. Het zou leuk zijn als ze juist vandaag won. Dan had ze een paar strikes nodig. Als Casper haar met rolstoel en al hard die baan op zou duwen, was de kans veel groter dat alle kegels om gingen.

En toen oma aan de beurt was, de lichtste bal pakte en op schoot hield, begon Casper te rennen, net voor de streep hield hij in en gaf de stoel een zet.

Daar zoefde oma gillend over de baan, in volle vaart op weg naar de kegels, als dit geen strike werd wist Casper het ook niet meer.

'Kom op oma, je kan het,' riep hij, 'schop ze om, allemaal in een keer!'

Opa schrok zo dat hij bijna stikte in zijn sigaar.

Op de baan naast die van hen stond net een medewerker van het bowlingcentrum iets te repareren.

Hij hoorde het gegil van oma, die aan kwam stuiven met de bal in de schoot van haar witte spijkerbroek en haar haren in de war. De man sprong over de afscheiding, dook naar de wielen en greep ze vast. De rolstoel maakte een driekwart draai op de spekgladde baan en stond stil.

Wat flauw, dacht Casper. Net als je iets leuks verzint, komt er wel weer iemand de boel versjteren. Dat is een van Caspers lievelingsuitdrukkingen: 'De boel versjteren'.

'Jongen, toch,' zei opa, 'waarom deed je dat nou?'

De medewerker van het bowlingcentrum reed oma terug.

Toen Casper uitlegde dat hij wilde dat oma een strike kreeg, vonden opa en oma het heel lief van hem. Al was oma zo geschrokken dat ze de rest van de avond niet meer ging bowlen.

Opa bestelde voor hen alle drie appelsap.

Hij nam een slok, keek naar Casper en schoot zo in de lach dat hij zich verslikte.

Alle volgende keren dat ze weer gingen bowlen zwaaide die man van het bowlingcentrum naar Casper en gaf hem een knipoog. En dat terwijl oma zich Zorgen had gemaakt dat ze er niet meer welkom waren.

'Bel haar dan op,' zegt Elvig. 'Ga jij binnen bellen, dan verstop ik mij alvast.'

Maar Casper weet geen nummer van oma en opa. Hij weet alleen dat ze wonen in een stad met een dierennaam.

'Dat weet ik,' zegt Elvig, 'ik heb een zes voor topografie. En jij?'

'Een min,' zegt Casper, 'ik heb een min voor aardrijkskunde en een dubbele min voor het leven van de oude Romeinen. En voor rekenen heb ik ook een dubbele min want daar heb ik nog niks van gedaan. Ik zit op de Montessori, daar mag je zelf weten wat je doet.'

'Tsss, gekkigheid,' zegt Elvig. 'Katwijk?' raadt hij vervolgens.

Casper schudt van nee.

'Beverwijk. Daar staan we ook wel eens op de markt. Met leren jassen. En nephorloges en nepmerkkleding.'

Weer schudt Casper nee.

'Wat is het voor soort dier? Groot, klein, met veel haar, gevaarlijk, of juist lief?'

'Ik weet het niet meer,' zegt Casper.

'Beverwaard.'

Maar dat komt Casper niet bekend voor.

'Aalsmeer? Daar is de bloemenveiling.'

Dat is het ook niet, weet Casper zeker.

'Is het een waterdier, of leeft het in de woestijn, of kan 'ie vliegen…' Elvig wordt ongeduldig.

'Harderwijk? En een harder is dus een vis, die kun je op de markt bij die kraam tegenover ons halen. Ze verkopen ook tong. Tongeren? Elke zondag grootste antiekmarkt van de Benelux. Meer dan driehonderdvijftig standhouders.'

Casper zegt dat hij het echt niet weet.

'Honduras? Hondsbossche Zeewering?'

'Hondsbossche Zeewering is geen stad,' zegt Casper.

'O nee? Hoe weet jij dat nou?' zegt Elvig, 'jij hebt een onvoldoende voor topografie.'

Dan raadt hij, na een lange stilte, 'Zwijndrecht?'

Als Casper weer zijn hoofd schudt, zakt Elvig onderuit in de chauffeursstoel.

'Hamsterdam?'

Casper denkt hard na. Het is geen huisdier, dat weet hij, je kunt het niet uitlaten, niet opeten, er geen jas van maken.

'Een mestkever.' Elvig begint er nu echt genoeg van begint te krijgen, 'Mestkeverwijk. Strontvliegerwaard.'

En dan weet Casper het. Het is een worm. 'Wormer!'

'Ik dacht al dat je dat bedoelde,' zegt Elvig. 'Kijk, dat is heel dichtbij, dat ligt daar!'

Net als Elvig rechtop in de grote slee staat om te wijzen waar Wormer ligt, komt Elvigs vader aanhobbelen in de bestelauto. De koplampen schijnen over het lange gras.

'Wat is je vader snel terug, is de worstelles nu al klaar?' vraagt Casper.

'Ik denk dat hij van iedereen heeft gewonnen binnen een paar seconden,' zegt Elvig. 'En in schoonmaken heeft hij zeker vandaag geen zin. Daarom is hij zo snel terug.'

Maar er is iets heel anders aan de hand! Elvigs vader smijt het portier open en roept: 'Elvig! Casper! Hier komen!'

'Zullen we het doen?' vraagt Elvig. 'Of zullen we hier blijven zitten. Zullen we onder de bank gaan liggen. Ik denk niet dat hij ons vindt.'

'Elvig! Casper! Hier komen! Onmiddellijk!' Elvigs vader roept, zijn handen als een toeter om zijn mond gevouwen. 'Waar zitten jullie? Hier komen, melden, nu!'

'Of we gaan onder de achterbank,' stelt Elvig voor.

Casper ziet Elvigs vader rondbenen, die heeft in de zeecontainer gekeken of ze daar zijn en loopt nu weer buiten rond.

'Casper! Elvig!'

'Of we gaan gewoon naar hem toe,' zegt Casper.

'We gaan, maar we wachten tot hij nog harder gaat schreeuwen,' zegt Elvig.

'Elvig! Casper! Nu hier komen! Waar zitten jullie? Het is belangrijk!'

De hond van de buurman tilt zijn kop een stukje op. Gaat weer liggen.

'Hij kan harder,' zegt Elvig.

'Hij zegt dat het belangrijk is,' zegt Casper.

'Dat zegt hij ook als ik mijn andijvie niet op wil eten,' zegt Elvig.

44

Casper stapt uit.

'Jij bent saai,' zegt Elvig, maar hij volgt toch.

'Zijn jullie doof of zo?' vraagt Elvigs vader als de jongens eindelijk aan komen slenteren.

'Hij wel,' wijst Elvig. 'Geintje.'

Elvigs vader begint meteen zijn verhaal. 'Jij wordt gezocht door de politie,' zegt hij tegen Casper, 'ik zag je net op RTV-Noord-Holland, op de televisie in de kantine!'

Elvig springt in het rond. 'Je bent op televisie! Ben je een ontsnapte misdadiger? Ben je een bankovervaller? Hoe ben je ontsnapt? Zeker je lakens aan elkaar geknoopt en toen door het raam geklommen? Of met een helikopter die op de binnenplaats is geland? Zullen we samen een bank gaan overvallen? Ik heb in mijn kamer een bivakmuts... Op internet kun je lezen hoe je een bom...'

'Elvig, hou even je mond,' zegt Elvigs vader boos. 'En wij hebben gelukkig geen internet.'

'Achterlijk,' zegt Elvig. Hij doet of hij een pistool vasthoudt. 'Iedereen handen omhoog, stop het geld in deze zak...'

'Hou nou je mond! Hou je klep dicht! En hij heeft helemaal geen bank overvallen, hij is zoek, niemand weet waar hij is! Zo is het toch, Casper?'

'Wij weten toch waar hij is,' zegt Elvig.

Daar zitten ze met zijn drieën op de voorbank van de bestelbus, deze keer op weg naar het huis van opa en oma in Wormer. Elvigs vader scheurt over de snelweg.

Hij heeft, in de kantine van de worstelclub, meteen naar RTV-Noord-Holland gebeld zodat bij de politie bekend is dat Casper is gevonden.

'Wat zullen die oudjes ongerust zijn,' hij schudt zijn hoofd. 'En niet te vergeten je moeder.'

'Mijn moeder heeft geen bereik,' zegt Casper.

'Had je logeerspullen bij je?' vraagt Elvigs vader.

'Een boek,' zegt Casper.

'Waarom brengen we Casper eigenlijk naar Wormer? Waarom wachten we niet gewoon tot de politie hem komt zoeken?' vraag Elvig, 'met een hondenbrigade en met helikopters.'

WAAROM ELVIG NOOIT OP WORSTELEN GAAT

Ze rijden over een kleine rotonde.

'Nou, welke afslag moet ik nemen?' vraag Elvigs vader.

Dat weet Casper precies. Bij die bank naar rechts, rechtdoor tot een glasbak en meteen links en weer links en dan ben je er. Maar hij houdt zijn mond.

'Weet je het?' vraagt Elvigs vader. 'Is het deze?'

Casper houdt zijn lippen op elkaar en kijkt strak voor zich uit.

'Herken je het?'

Nu zijn ze de rotonde twee keer rond.

'Hoe heet de straat? Is het in het centrum of in een buitenwijk?'

'Ik denk dat hij het niet gaat zeggen,' zegt Elvig. Hij ziet eruit alsof hij daarvan geniet.

'Je gaat niets zeggen, hè Casper? Jij kan later goed spion worden, dan moet je ook je mond houden als je gepakt wordt door de vijand en ze gaan je martelen… Ze binden je vast in een bad vol snot en dan…'

'Casper, zeg eens iets?' Elvigs vader is de kleine rotonde nu voor de derde keer rond. 'En hou jij alsjeblieft je mond!' voegt hij er voor Elvig aan toe.

'Ik denk dat hij bij ons wil blijven,' zegt Elvig.

'Is dat zo? Wil je niet naar je opa en oma?' Elvigs vader buigt zich naar Casper, maar stuurt daardoor per ongeluk richting vangrail en er wordt luid achter ze getoeterd.

Een grote kale man draait zijn autoraampje omlaag: 'Hé! Waar denk jij dat jij mee bezig bent! Je zit niet in een draaimolen! Uitkijken, mafkees!' De man tikt op zijn voorhoofd.

'Hij scheldt je uit, pa!' zegt Elvig, 'dat moet je niet nemen!'

Elvigs vader slaat de eerste afslag in en parkeert in de berm. 'Vertel op, hoe zit het.'

Elvigs vader en Casper en Elvig lopen naar het huis van opa en oma. Casper loopt achteraan. Met kleine stappen.

Elvigs vader draagt een soort strak zwempak met korte pijpen. Rood glimmend, met witte strepen aan de zijkant. Halfhoge suède schoentjes eronder. Zijn benen zijn stevig en gespierd.

Elvig fluistert: 'Dat is een worstelpak. Ik ga dus nooit op worstelen.'

Ik ook niet, denkt Casper, want ik wil niet twee keer op een dag douchen, en zeker niet met zeep.

Opa, die door de politie gebeld is, staat bij de voordeur te wachten en sluit Casper stevig in zijn armen. Zo blijven ze een tijdje staan. Het lichtblauwe overhemd van opa heeft de vertrouwde geur van sigaren en wasmiddel.

Opa heeft een gele plastic knijper aan zijn broekspijp. Casper vraagt waarom dat is, maar opa zegt: 'Eigenlijk zou ik je bij kop en kont moeten grijpen en je zo, hup tweedrie zonder genade, het zwerk in keilen.'

Het klinkt mooi, vindt Casper, vooral dat 'hup twee drie zonder genade', dus hij zegt: 'Dat mag best.' Opa weet allerlei gekke woorden omdat hij graag boeken leest. Daarom hoort hij soms ook niet wat je zegt, of vergeet water in het koffiezetapparaat te doen. Of hij gaat naar de winkel en weet niet meer wat hij ging halen. Hij wil geen boodschappenlijstje mee want hij zegt dat hij niet dement is.

Opa grinnikt en drukt hem weer stevig tegen zijn borst. Casper vindt het ook fijn om opa te zien. Alleen drukt een van de knoopjes van het overhemd in zijn wang en opa knijpt hard zodat Casper bijna geen lucht krijgt.

'Hij was op televisie,' zegt Elvig.

'Dat weet ik,' zegt opa. 'Als jullie eens weten hoe wij in de rats zaten.'

Dat zal wel weer, denkt Casper, als ik er niet bij ben lekker samen in de Rats gaan zitten. Of in de Rups, of in het Reuzenrad. Als er iets leuks gebeurt mag ik nooit mee.

Opa vertelt dat oma door de val weer pijn aan haar heup heeft en dat ze in het ziekenhuis ligt, ter observatie. Dat betekent dat ze gaan bekijken of ze moet blijven of toch naar huis mag.

'Ik blijf in ieder geval bij Elvig,' zegt Casper. 'U met mij alleen thuis zonder oma, dat wordt een cha-os.' Hij probeert bij dat laatste woord zijn lippen net zo te plooien als oma zou doen.

Opa zegt dat ze dat maar binnen moeten bespreken, met iets te drinken erbij.

Als het lang duurt voordat de koffie klaar is, ontdekt Casper dat opa vergeten is het apparaat aan te zetten. 'Als dit rode lichtje aan is,' wijst Casper, 'staat hij aan.'

'Dacht jij dat ik dat niet wist?' zegt opa.

Dat weet ik wel zeker, denkt Casper. 'U kan bijna niks. Behalve boeken lezen en rekenen. Dat is omdat u een in-tellectu-eel bent.'

'Wie zegt dat?' Opa geeft de jongens een glas melk. Casper ruikt of die nog goed is.

Opa en Elvigs vader beginnen een serieus gesprek. Opa heeft Caspers moeder nog niet aan de telefoon gehad, die heeft in de Pyreneeën geen bereik. En oma, die heeft op haar kamer nog geen telefoon.

Elvigs vader zegt dat het helemaal geen probleem is, maar juist leuk, wanneer Casper een paar dagen bij hen blijft logeren. 'En de jongens kunnen mij op de markt helpen.'

Opa wil natuurlijk weten op welke markt Elvigs vader staat en wat hij verkoopt en als blijkt dat Elvigs vader groente en fruit verkoopt, raken ze niet uitgepraat. Want Elvigs vader koopt in bij een groothandelaar die opa via via kent. Opa heeft in zijn jonge jaren vakantiewerk bij een tuinder gedaan. Hij zet de leesbril, die aan een koord om zijn nek hangt, op en haalt een dik fotoboek uit de kast, *Moderne Landbouwtechnieken in Noord-West Canada en de gevolgen voor het milieu.*

'Moet u dit eens bekijken,' hij slaat het boek open,

'u gelooft uw ogen niet, wat er vandaag de dag allemaal mogelijk is. Of het vooruitgang is, is natuurlijk de vraag.'

De mannen bekijken foto's van groenten, kassen en sproei-installaties en tractors. Elvig zet de computer aan. Richt de webcam op zichzelf.

'Waarom hebben jullie geen internet?' vraagt Casper.

'Mijn vader ziet het nut er niet van.' Elvig trekt rare gezichten in de camera. 'Hij zegt dat kinderen door gewelddadige spelletjes worden beïnvloed.'

Casper ziet het opengeslagen telefoonboek liggen, op de vloer naast het kleine bijzettafeltje met het witte gehaakte ronde kleedje waar de telefoon op staat.

Opa presenteert Elvigs vader een mooie sigaar uit een houten doosje

Casper pakt de hoorn van de haak. Opa heeft het nummer van Ziekenhuis Zaanstreek stevig met een tekstmarker omcirkeld.

Opa buigt zich over het landbouwboek en tikt met zijn wijsvinger op een foto. Elvigs vader proeft van de sigaar.

Elvig klikt op de muisknop en start een spel. Casper draait een nummer. Gewoon een nummer van tien cijfers. Hij praat in de hoorn.

'Ja,' zegt hij, 'ja, oma, dat was schrikken. Ja. U heeft gelijk. Ik zal het nooit meer doen. Dag oma.'

De twee mannen praten nog over het boek. Er hangt een wolk sigarenrook boven. Casper luistert naar de tuut in zijn oor.

'Nu moet u zeker weer rusten van de dokter. Dag oma.' Casper legt op.

'Dat was oma,' zegt hij. 'De telefoon op haar kamer doet het. Ik mag vanavond bij Elvig logeren. Nu moet ze weer rusten. Ze belt u later.' Zijn hart bonkt maar niemand hoort dat.

Opa duwt het brilletje dat bijna afvalt, terug op zijn neus. Hij lijkt opgelucht.

'In deze omstandigheden… Je bent door je moeder aan onze zorgen toevertrouwd. Maar als het mag van je oma. Wie ben ik om oma tegen te spreken. Dus mijn zegen heb je. Voor dat ene nachtje. In deze omstandigheden. En de vader van je nieuwe vriend is niet echt een vreemde voor ons, blijkt. Groentetelers onder elkaar.'

Opa gaat twee keer per dag naar het ziekenhuis en hij begrijpt dat het leuker voor Casper is om bij Elvig te logeren.

'Mijn zegen heb ik ook,' zei Casper. Hij heeft geen idee wat het betekent.

'En die van ons,' zegt Elvig snel.

Opa zal zo spoedig mogelijk met mama bellen om de situatie uit te leggen. Hij geeft Elvigs vader haar visitekaartje, dat heeft hij in zijn portefeuille.

Elvigs vader schrijft hun adres, hun huistelefoonnummer en zijn mobiele nummer op. Hij wil zijn identiteitsbewijs tevoorschijn halen maar dat hoeft van opa niet.

'Oma gaat je vast googelen,' zegt Casper. 'Oma googelt ook alle planten die ze niet kent.'

'Oma is het google-genie,' zegt opa. 'Dus jullie wonen een stukje buiten de stad?'

'Ja, want mijn vader schreeuwde vroeger heel hard en daarom wonen wij in een lawaaih…'

Elvigs vader geeft hem een schop met de punt van zijn worstelschoen.

'Waar wij wonen is nauwelijks lawaai, dus dat is heerlijk rustig voor de kinderen, als ze zo af en toe eens schreeuwen heeft niemand daar last van.' Elvigs vader schudt opa op de stoep de hand.

'Zo maar alleen in de trein en helemaal niet bang. Casper Pluizebol, jij bent mij er een,' zegt opa. Hij ziet er tevreden uit.

'U moet niet vergeten de plantjes water te geven,' zegt Casper. 'En u moet wel tegen ze praten. Die paarse viooltjes daar hoeft u niets tegen te zeggen. Want die worden door oma voorgetrokken.'

'Bedankt voor het advies,' zegt opa.

Casper wijst naar de knijper aan opa's broek.

Opa steekt trots zijn been een stuk vooruit. 'Zo komt mijn broek niet in de ketting. Ik ben op mijn tourfiets naar het ziekenhuis gegaan,' zegt hij, 'dat was mooi. Zo door de weilanden. Ik heb lang niet op de fiets gezeten. Jaren niet. Dat ga ik denk ik elke dag doen. Ik ging zo hard, je zag alleen nog maar een stofwolk.' Hij buigt zijn knieën en rug en doet of hij aan het wielrennen is.

'Pas op, hier komt Eddy Merckx!

Dat is een beroemde Belgische wielrenner, de beste van de wereld. Hij is net iets jonger dan ik,' legt hij uit.

Zo oud, denkt Casper, zulke oude wielrenners, die

bestaan vast niet. Tenminste, goed kunnen ze nooit zijn, die oude mannetjes, dat verzint opa natuurlijk.

Opa en Elvigs vader spreken af dat Casper morgen op bezoek gaat bij oma.

De jongens rennen terug om het hardst naar de auto en roepen ook dat ze Eddy Merckx zijn.

Elvigs vader wacht voor het stoplicht om de ring op te rijden. Casper en Elvig kijken naar dat strakke, glimmende worstelpak waar een paar krullende borstharen bovenuit piepen. Ze proesten het uit.

'Jullie mogen om mijn worstelpak lachen wat jullie willen,' zegt Elvigs vader, 'maar ik ben wel dit jaar Europees kampioen geworden.'

'Kampioen door Walk-Over,' zegt Elvig. 'Omdat je geen tegenstander had omdat er tegenwoordig sowieso bijna niemand meer worstelt. Dat telt niet.'

'Europees kampioen is Europees kampioen,' zegt Elvigs vader. 'En binnenkort hebben we het Midzomer-Toernooi. Dat win ik al jaren. Jullie komen me wel aanmoedigen, hè, jongens?'

Als ze het hobbelige terrein bij hun huis oprijden juicht Elvig: 'Casper blijft de hele vakantie bij ons.'

'Daar zou ik maar niet op rekenen,' waarschuwt Elvigs vader. Hij trekt het sleuteltje uit het contact – wat moeilijk gaat omdat het een beetje krom is – 'Het is maar voor een nacht.'

De jongens luisteren niet. Ze gooien het portier open.

Zodra ze binnen zijn gaat de telefoon: opa, hij vraagt naar Casper.

'Jongeman,' zegt opa streng, 'dat is niet zo netjes, wat je hebt gedaan. Je hebt gejokt. Oma wist nergens van. Weglopen en liegen, dat is niet zo fraai.'

'Ik ben niet weggelopen. De trein reed gewoon weg. En mijn moeder die liegt de hele dag. Die liegde in een reisfolder dat alle hotelkamers uitzicht op zee hebben.'

'Loog,' zegt opa, 'dat heet "loog". En dat is anders. Je moeder doet dat voor haar werk. Die krijgt ervoor betaald.'

Elvigs vader kijkt op zijn horloge. 'Mooi, tegen half-tien, precies op tijd.'

'Waarvoor?' vraagt Elvig. 'Het is toch nog geen bed-tijd, het is vakantie.'

'Het is tijd voor jullie worstelles,' zegt Elvigs vader, 'help eens even, jongens.'

'Ik moet ophangen,' zegt Casper tegen opa, 'ik krijg worstelles. En u kunt helemaal niet zo hard fietsen dat er alleen maar een stofwolk te zien is. Dat is toch ook liegen?' Het is wel brutaal, maar hij zegt het toch.

Dan zegt opa zacht: 'Oma heeft de vader van je vriend al nagetrokken op de computer. Ze vertrouwt het wel voor een nacht.' Het is of Casper opa's siga-renadem kan ruiken.

'Gedraag je daar wel, Casper Pluis,' voegt opa er luider aan toe.

Elvigs vader duwt de slaapbank aan de kant. De jon-gens helpen met de halterstangen, het tafeltje en de grote stenen plantenbak. Als ze de bak verplaatsen ziet Casper dat er klokhuizen in liggen.

'Wie durft?' Wijdbeens staat Elvigs vader op het zebravloerkleed in het midden van de container, in zijn rode worstelpak. Hij rolt met zijn ogen en hij gromt.

'Mijn vader is de beste.' Elvig wijst op de bekers en de uitgeknipte en ingelijste stukjes uit de stadskrant in de boekenkast die zijn vader met worstelen heeft gewonnen.

'Heeft hij ze allemaal gewonnen?' vraagt Casper. 'Of heeft hij er ook een paar gekocht.'

'Gekocht!' roept Elvigs vader, 'wat zeg jij daar, brutale aap, ik zal je leren!' Met een woeste schreeuw duikt hij naar Caspers benen, die probeert snel weg te springen maar botst tegen Elvig op en Elvig valt en rolt bovenop zijn vader en dan pakt Casper de benen van Elvigs vader, al snel zijn ze een duwende, trekkende, schreeuwende, brullende, rollende, hijgende en puffende bol benen en armen, je kunt niet zien wat bij wie hoort.

Soms roept iemand 'au!' of 'pas op!' maar ze gaan gewoon door, net zo lang tot Elvigs vader zich overgeeft en de jongens allebei bovenop hem zitten.

'Genade! Genade!' Hij zweet zo dat de druppels over zijn voorhoofd lopen.

Elvigs vader gaat op de bank stripboeken lezen en probeert Caspers moeder te bellen, maar zij heeft hoog in de besneeuwde Pyreneeën nog steeds geen bereik. Hij stuurt een sms.

Omdat het morgen zondag is en ze dan niet naar de markt gaan, mogen de jongens zo lang opblijven als ze willen.

Naast de boekenkast is het kamertje van Elvig. Er is daar een hangmat en Elvigs vader tilt Casper er voorzichtig in en doet het licht uit.

Daar ligt Casper in de hangmat te hangen in dat donkere kamertje achterin de lawaaicontainer. En hoewel hij zo moe is dat hij zijn ogen nauwelijks kan openhouden, kan hij toch niet slapen. Hij luistert naar Elvigs gedraai in bed en het kraken van de spiralen. Elvigs vader rommelt voorin het huis. Klapt de slaapbank uit. Snurkt even later zacht en hoog. Zo hoog, dat verwacht je niet van zo'n grote man. Het lijkt meer op lief piepen. Of iets tussen lief piepen en snurken in: snierpen.

Casper luistert naar zijn eigen ademhaling. Het is stil in het Lawaaihuis. Bij elke beweging schudt hij heen en weer. Dat is niet eng. Maar als je moeder je niet naar bed heeft gebracht en stevig met haar neus door je krullenbol heeft gewreven, dan is het anders. Was zijn moeder er maar. Casper huilt. Zacht, maar een flinke tijd, want hij vindt huilen wel lekker.

Als hij is uitgesnikt en de huid op zijn wangen trekkerig voelt van de zoute tranen, denkt hij aan dat het morgen zondag is en dat dat een keer in de maand thuis zijn lievelingsdag is, de Computerloze Zondag.

De hele dag blijven ze in hun pyjama want zijn moeder zegt dat ze 'geen prikkels' wil. Casper denkt dat ze zondags niet gestoken wil worden door een brandnetel of door een mug.

Hij is een keer de tuin in gegaan om een fles bleekmiddel over de brandnetels te gooien, die stonden tussen de andere bloemen. Ze gingen allemaal dood. En zijn moeder werd boos.

Ze doen op die zondag wat zijn moeder noemt 'rondlummelen en lanterfanten'. Dat betekent dat je in je huis rondhangt en zachtgekookte eitjes als ontbijt eet – je lepelt ze uit een eierdopje en je wrijft een beetje zout en peper tussen je vingers en strooit dat in het slappe, warme eigeel. En dat zijn moeder liedjes speelt op de piano hoewel ze zegt dat ze dat helemaal niet kan. En dat Casper voornamelijk op de bank zit. Dat kan hij lang volhouden want die zit fijn, vooral aan de rechterkant want daar is hij een beetje doorgezakt.

Zijn moeder leest de dikke zaterdagkrant, ze neemt de telefoon niet op maar laat iedereen, bijvoorbeeld de bodypumpleraar, inspreken op haar antwoordapparaat, ze leest Casper gekke berichtjes voor en de strips – en ze goochelt met de dekbedhoes.

Ze pakt een van de keurig opgevouwen hoezen uit de linnenkast. Casper zit er al klaar voor, op het grote bed. Mama slaat de hoes uit – je ruikt een vlaag fris wasmiddel – en dan begint het. Mama stopt haar handen in die grote gebloemde hoes, zo groot dat Casper er makkelijk in kan, en zwief zwaf zwoef, trekt hem in een keer binnenstebuiten, pakt dan op een of andere manier het schapenwollen dekbed, hokus pokus, en het zit erin! Weg is het dekbed. In die grote hoes! Elke keer moet mama lachen om Caspers gezicht. Het zou Casper niets verbazen, eerlijk gezegd verwacht hij het een keer, dat zijn moeder een wit konijn uit die hoes tovert en aan zijn oren omhooghoudt. Dat kan zij, dat weet Casper zeker.

Mama liet het hem eens proberen. Het dekbed zat helemaal geproffeld in de hoes, hoe Casper ook schudde. Casper kroop in die grote, donkere gebloemde stoffen tunnel in om de punten goed in de hoeken te krijgen, maar de gevaarlijke hoes draaide zich om hem heen. Casper riep dat hij eruit wou, hoe meer hij zich bewoog hoe vaster hij kwam te zitten, mama bevrijdde hem en tilde hem op, veilig in haar armen.

Op datzelfde moment ligt mama bovenin haar harde houten stapelbed in een tochtige blokhut hoog op de toppen van de Pyreneeën, waar het 's nachts steen- en steenkoud is. Zo koud, dat je lippen blauw worden en je vingertoppen rood en stijf, en je botten bevriezen. Je adem vormt wolkjes.

Ze heeft stekende pijn in haar grote teen, daar zit een blaar op want haar nieuwe schoenen knellen. Die blonde man die onder haar ligt, aan hem begint ze een hekel te krijgen, elke keer komt hij te dicht naast haar lopen en maar lachen met die te witte tanden, wat een slijmerd. Ze zou het niet erg vinden als hij van de berg afviel.

Wat is het koud, de deken is veel te dun en hij ruikt ook niet fris. Een storm giert rond het huisje, de balken kraken en wind en hagel persen zich door de kieren. Het water in de rivier beneden in het dal stroomt buiten zijn oevers, heeft de gids verteld. Ze slaapt de hele nacht heel slecht en als ze opstaat heeft ze vreselijke pijn in haar rug van de harde bedbodem. Ze is verkouden geworden, ze niest en er hangt een druppel aan haar ijskoude neus, niemand heeft een zakdoek voor haar, behalve die slijmerd natuurlijk maar die wil ze niets vragen, ze veegt haar neus aan de rug van haar hand af, bah.

ALLE PREI IS VOOR OMA

De jongens hebben geslapen tot twaalf uur in de middag. Elvigs vader kan niet uitslapen omdat hij al jaren gewend is heel vroeg op te staan. Voor het ontbijt heeft hij pannenkoeken met schijfjes appel en poedersuiker gebakken.

Daarna heeft hij op zijn gemak gestreken – bij zijn worstelpak besteedde hij veel aandacht aan de naden. Terwijl je dat niet eens hoeft te strijken, zegt Elvig tegen Casper, die rekstof zit altijd in model. Elvigs vader heeft weer geprobeerd Caspers moeder te bellen, zonder succes.

Mama strijkt nooit en de was doet ze ook niet zelf. Wel de handwas, haar zwarte en rode bh's, die doet ze in een sopje in de wastafel.

Heel soms krijgt ze last van het 'schoonmaakvirus'. Dan haalt ze de emmer en de mop uit de gangkast en zegt ze dat ze 'rigoureus de boel gaat uitmesten'. Meestal heeft ze er al genoeg van nadat ze met een rood hoofd het halletje heeft gedweild. Casper zit altijd op de trap te kijken. Mama's haren bewegen net zo woest heen en weer als die van de mop.

'Hier moet je ook talent voor hebben.' Mama veegt het haar uit haar ogen. 'Ik laat het toch maar over aan onze professional.'

En dat is Phor, de Thaise schoonmaker. Die komt

's ochtends heel vroeg, op maandag, wan jaan, en vrij-dag, wan sook. Meestal als Casper en zijn moeder op het punt staan de deur uit te gaan.

Casper mag hem graag. Ook als hij met zijn jas al aan op de wc zit, houdt hij de deur op een kier om te kijken wat Phor doet. 'Goedemorgen, Casper,' zegt Phor en wuift door de opening van de deur. Casper vouwt, zittend op de wc, zijn handen en zegt: 'Sawa-dee, Phor.'

Phor is goed in Muay Thai, dat is een sport waarbij je hoog moet schoppen. Hij zegt dat alle Thai dat kun-nen, omdat het hun volkssport is, net zoiets als voetbal hier. Soms zwiert Phor, terwijl hij stofzuigt, met een achterwaartse trap, zo zijn been over Caspers krullen-bol.

Nu zitten ze, Elvig en zijn vader fris gedoucht en Cas-per niet – die wast zich niet als het even kan – in de be-stelbus op weg naar oma in het ziekenhuis. Casper snuift onder zijn oksel, dat ruikt lekker vertrouwd naar zijn eigen warme lichaam. Hij heeft de douche wel aan-gezet maar is er niet onder gaan staan. Hij heeft, met zijn kleren aan, zijn handen onder de straal gehouden en een klein beetje water op zijn krullen gedept.

'Je gaat niet bij ze logeren, hè?' zegt Elvig, 'ook al is je oma opeens weer beter. Want dat wil je niet, bij die suffe oudjes op de bank.'

'Maar ze zijn wel aardig,' zegt Casper.

'Aardig, daar koop je niets voor,' zegt Elvig. 'Aardig betaalt de rekening niet, zegt mijn vader.'

Casper heeft de fruitdoos op schoot. Elvigs vader had de jongens een grote platte doos gegeven, waar bakjes champignons in hadden gezeten. Die hebben ze beplakt met crêpepapier in oranje en rood en groen en geel.

Ze mochten zelf fruit in de doos doen. De koelkast bij Elvig zit vol met allerlei soorten fruit. Casper pakte een suikermeloen. Hij tekende er een lachend gezicht op met zonnetjes als wangen. Het gezichtje lijkt op dat van oma, maar dan zonder hangwrat.

Elvig gluurde in de groenteladen.

'Ik denk dat het het beste is als we er vooral dingen in stoppen die we zelf helemaal niet lusten,' zei hij en pakte een dikke prei en een net uien. Hij gniffelde.

Grapefruits, spruitjes en karnemelk vinden ze natuurlijk ook niet lekker. Zo kwam de doos snel vol. De jongens kregen de slappe lach. Elvigs buik schudde onder zijn T-shirt.

Hij wilde een zak aardappelen in de doos stoppen maar dat zag zijn vader dus dat ging niet door. Toen Elvigs vader niet keek moffelde Elvig er toch een paar losse aardappelen in, die met veel bobbels en uitstulpingen. En een bol knoflook. En de pot levertraan. Ze vouwden de doos dicht, en deden er een mooie, brede strik om.

'Het kan niet beter,' prees Elvigs vader, 'goed werk, jongens.' Elvig had er nog een mooie glazen knikker in gedaan die hij dubbel had. Dat vond Casper erg aardig.

'Misschien moeten we op die strik iets schrijven: *Rust Zacht, Lieve Oma*,' zei Casper.

Elvig zei dat je dat alleen schreef wanneer er iemand dood is.

Oma klapt blij in haar handen als de jongens met de doos de ziekenzaal opkomen.

'Van prei heeft een mens in een ziekenhuis nooit genoeg.' Ze haalt de stronk uit de doos.

'En als de dokter vervelend doet, dan...' Ze zwaait ermee alsof ze er een klets mee wil verkopen.

'Het is belangrijk dat u uzelf kunt verdedigen,' zegt Elvig en hij begint met zijn armen en benen woeste karatebewegingen door de zaal te maken.

De andere mensen in de bedden kijken op want ze zijn blij dat er eens iets gebeurt in het stille, saaie ziekenhuis. Elvig schopt met een voorwaartse trap tegen een tafel. De vaas tulpen die daarop staat, valt net niet om.

'Doe jij even gewoon!' zegt Elvigs vader.

'Wij hebben een huishouder, Phor, die kan heel goed schoppen,' zegt Casper. 'Dat kan hij jou wel leren.'

Een verpleegster steekt haar hoofd om de deur.

Elvigs vader zegt dat de jongens rustig moeten gaan zitten.

Hij stelt zichzelf en Elvig netjes aan oma voor.

'Het is toch allemaal wat,' zegt oma, 'mijn kleinzoon zoek, ik in het ziekenhuis. En die onhandige opa alleen thuis. Die zou zijn hoofd nog vergeten als het niet vastzat.'

'Hij fietst sneller dan het licht,' zegt Casper.

'Dat fietsen,' zucht oma, 'dat is niets voor die man.

Levensgevaarlijk, kijkt nooit uit in het verkeer. Dat wordt een ramp. Zodra ik thuis ben, gaat die fiets op Marktplaats.'

'Wij zijn heel blij met Casper als logeetje,' Elvigs vader strijkt Casper over zijn hoofd. 'Hij mag wel langer blijven, als dat u ook goed uitkomt momenteel. Wij genieten van zijn aanwezigheid.'

'Wat praat je opeens duur,' zegt Elvig.

'Heel vriendelijk van u. Graag. Voor een paar daagjes zou heel fantastisch zijn. Ik voel mij wel bezwaard,' zegt oma, 'Zijn moeder is nog steeds onbereikbaar. Zodra ik naar huis kan, over een paar daagjes hoop ik, komt Casper maar meteen bij ons. '

'Dat hoeft niet, hoor,' zegt Casper.

'Ik ben u erg dankbaar,' zegt oma, 'Opa kan al nauwelijks voor zichzelf zorgen, laat staan voor zo'n jongen. Maar gelukkig kennen we u uit de groenten. Dat is toch een klein wereldje.'

Dan kijkt ze weer naar Casper: 'Ga je me wel bellen? Ik wil weten hoe het met je is, hoor! Of liever nog, webcammen? Zodat ik kan zien waar je bent en wat je doet?'

Casper zit op de kruk rechts van het bed. Oma heeft namelijk aan haar linkeroog een kleine, bruine wrat tussen haar wimpers. Een wratje dat een beetje naar beneden hangt, als ze haar ogen dichtdoet, tijdens een dutje op de bank bijvoorbeeld, rust het rimpelige bruine dingetje tussen de zwarte wimperharen op het bovenste ooglid. Bij iedere diepe ademhaling trilt het. Casper kan er eindeloos naar kijken. Maar er naast zitten, niet. Hij zorgt er voor dat het wratje hem niet aanraakt, ook niet als oma hem kust en knuffelt.

Een paar jaar geleden wilde Casper het eraf knippen. Het was lente en opa snoeide de ligusterhaag. Casper stopte de takken en bladeren in vuilniszakken. Ze droegen allebei een strooien hoedje tegen de zon, dat moest van oma. Oma bewonderde de keurige heg en de door Casper gevulde vuilniszakken, en daarna dronken ze binnen een kopje thee.

Toen deden opa en oma een dutje.

Casper keek naar het wratje en naar de heggenschaar die nog in de tuin lag. En toen kreeg hij dat idee. Hij liep naar de keuken waar de papierschaar altijd op zijn vaste plek in het laatje lag.

Net toen hij zich op de bank had gehesen, met de schaar, werd oma wakker. Ze slaakte een gil, ze sperde haar mond zo ver open dat je achterin haar keel een roze lubberding zag. Als hij de kans kreeg, knipte hij dat er ook af.

De schaar werd verstopt, hij lag nooit meer in de keukenla.

Het oog met het wratje zit veilig aan de kant van Elvig.

'Lieve jongen,' oma kijkt Casper aan, 'wat waren wij ongerust. Als je eens wist hoe ongerust wij waren…' Ze lijkt niet te weten wat ze moet zeggen. Haar handen, haar zachte omahanden, liggen bovenop de deken. Oma pakt een papieren zakdoekje, drukt het even tegen haar ogen en snuit haar neus. Daar is het getetter van een olifant niets bij.

'Maakte u zich Zorgen?' vraagt Casper.

'Wat denk je!' zegt oma, 'je was de hele dag onvind-baar. Je was spoorloos en niemand had je gezien!'

'Hij was de hele dag bij mij,' zegt Elvig, 'wij wisten wel waar hij was, mevrouw, hij was gewoon bij ons.'

Oma glimlacht naar Elvig en zegt dat hij en zijn vader schatten zijn. Maar dat er ook hele nare, onbe-trouwbare mensen op de wereld bestaan.

'Zoals de tandarts,' zegt Elvig, 'daar ga ik mooi niet heen. Ik moest van mijn vader toen ik met vechten dit stuk van mijn tand had gebroken,' hij raakt met zijn vinger zijn voortand aan, 'maar ik ging mooi niet.'

'Zoals de tandarts, precies,' zegt oma. 'We hadden niet graag gezien dat onze Casper was meegenomen door een enge tandarts. Dus, Casper, wil je zoiets als-jeblieft nooit meer doen?'

'Maakte u zich gewone Zorgen, of Ernstige Zor-gen?' vraagt Casper.

'Ernstige Zorgen,' zegt Oma en je kan wel zien dat ze de waarheid spreekt, want ze kijkt er serieus bij, ze kijkt lang en serieus in Caspers ogen.

'Dus beloof je aan oma dat je zoiets nooit meer zal doen?'

Casper moet er even over nadenken. Ernstige Zor-gen, dat is nogal wat. Dat is het hoogste wat je kan heb-ben. Dat is zoiets als een gouden medaille, de eerste plaats in de wedstrijd *wie veroorzaakt de meeste zorgen*. Dat is dus helemaal niet gek gedaan. Hij ziet zichzelf op een erepodium staan, toegejuicht door een heel stadion. Opa staat, met sigarenroken, op de tweede plaats.

Casper zegt: 'Umhum.' Hij kijkt of hij het belooft. Maar hij belooft helemaal niets. Want hij zegt 'umhum' en 'umhum' is geen 'ja' en geen 'nee'.

Zijn moeder zegt, als je veel pindakaas wil verkopen mag je best een beetje de boel voor de gek houden. Dus als je graag helemaal in je eentje met de trein reist, mag dat ook.

'Ik moest naar de tandarts,' zegt Elvig, 'maar dat rotjoch moest lekker naar de dokter met een hersenschudding.'

'En toen hebben wij afgesproken dat jij nooit meer gaat vechten als ze je uitschelden of pesten, weet je nog?' Elvigs vader kijkt Elvig streng aan. Elvig draait zich om en kijkt uit het raam. Zijn billen passen niet op het krukje.

Oma kijkt nog steeds gelukzalig naar haar Casper.

De verpleegster komt binnen en zegt dat de patiënten zo gaan eten, en of het bezoek de zaal wil verlaten.

'Dus bellen en webcammen, jij!' zegt oma, quasi dreigend met haar vinger.

'Mijn vader vindt internet flauwekul,' zegt Elvig.

'We hebben inderdaad geen aansluiting,' zegt Elvigs vader. 'Dat heeft zo zijn redenen.'

'Hij denkt dat ik er agressief van word,' zegt Elvig.

'Je kan het zo instellen dat die snotapen niet op sites komen die je niet wilt,' zegt oma, 'en het is toch ook wel handig voor school?'

'Ik weet niet, ik ben er niet voor.' Elvigs vader geeft oma een hand, zegt dat hij goed voor Casper zal zorgen en dat ze snel weer op bezoek zullen komen. De jongens staan op van hun krukjes en schuiven die weer netjes onder het bed. Oma bedankt ze nogmaals voor de prachtige doos.

'Ik heb trouwens begrepen dat het enige tijd geleden iets minder ging met u en met uw handel,' zegt oma voorzichtig tegen Elvigs vader.

'U heeft uw huiswerk goed gedaan,' Elvigs vader kijkt verrast. 'Maar die tijd is over en uit. Ik heb alles allang weer op de rails.'

Oma knikt en zegt dat ze dat fijn vindt om te horen.

'Mijn oma weet alles want zij is het google-genie,' zegt Casper. Hij vraagt: 'Gaan we nu?' want hij begint het gesprek erg saai te vinden. Hij gaat alvast bij de deur staan.

'Hoe kom jij aan je mooie naam?' vraagt oma aan Elvig.

'Eigenlijk heet ik Elvis,' zegt Elvig, 'maar mijn vader was zo blij dat ik was geboren en toen hij mij ging aangeven bij de gemeente, schreef hij zo slordig dat die man dacht dat er Elvig stond. Ja, toch, pa?'

Elvigs vader grinnikt: 'Maar nu ben jij wel de enige Elvig op de hele wereld.'

'Of het heelal,' zegt Elvig.

Door de lange ziekenhuisgangen rennen de jongens naar buiten, al mag dat niet, rennen in een ziekenhuis. Ze luisteren niet naar Elvigs vader die achter ze aan loopt en zegt dat ze rustig moeten doen, ze rennen gewoon door, en dan door de hal en door de grote draaideur, naar buiten. Want ziekenhuizen, dat vinden de jongens maar niets. Je zou het trouwens niet

69

zeggen als je Elvig zag, met zijn stevige benen en zijn puddingbuik, maar hij rent harder dan Casper. Bij de draaideur houdt hij in zodat ze er tegelijk door kunnen.

'Mooi,' zegt Elvig, 'wij krijgen lekker internet.'

'Ik zei dat ik er niet voor was,' zegt Elvigs vader, 'haal je maar niks in je hoofd.'

's Avonds thuis kijkt Elvigs vader in de ijskast en zegt: 'Ik dacht toch zeker te weten dat er nog een pot levertraan... heb jij die soms gezien, Elvig?'

HIGH SECURITY EN DE ONTSNAPTE STIER

Elvigs vader zit achter het stuur en strijkt Casper over zijn bol. 'Ik vind het gezellig, nog zo'n supergozer over de vloer. Elvig werd op zijn vorige school gepest. Omdat hij nogal zwaar is en omdat we in die container wonen.'

Het is nog geen zes uur, ze zijn op weg naar de Markthallen, waar marktkoopmannen 's ochtends vroeg hun inkopen doen.

'Ik ben niet dik,' zegt Elvig. 'En als die gasten mij nog een keer pesten, dan koop ik gewoon een dubbelloopsjachtgeweer en dan schiet ik...'

'Dat dacht ik dus niet,' zegt Elvigs vader. 'Wij hebben afgesproken dat ik je niet meer van het politiebureau hoef af te halen. Nooit.'

'Je hoefde mij daar de vorige keer ook niet af te halen,' zegt Elvig. 'Ik weet heus zelf wel hoe ik thuis moet komen.'

In de verte doemen de rode en gele lichtjes op van de ingang van de Markthallen.

'Je moet een pasje hebben,' vertelt Elvig, 'anders mag je niet op het terrein.'

'Ik had het ook graag allemaal anders gezien,' Elvigs vader draait de oprit op, 'gezellig met je ma in ons huisje in de Pijp. Hoewel. Tegenwoordig is alles daar

71

gerenoveerd. Alleen nog maar yuppen. Dure koffie-tentjes. Niks voor ons, de gewone man. Ons oude huis-je is ook zo'n lunchroom geworden.'

'Vroeger waren we arm, hè, pa?'

'Dat is lang geleden,' zegt Elvigs vader, 'toen ik nog dronk. Echt arm waren we niet maar we hadden wei-nig inkomsten want ik stond niet vaak op de markt. Was ik bijna mijn vaste standplek kwijtgeraakt. Door al dat Aldi-bier. Bocht of niet, dat proef je niet als je zat bent. En jij was als baby gelukkig nog niet zo'n schrokop.' Hij geeft Elvig een por in zijn zij.

'Grappig hoor, die marktlui. Ik lach me slap. Maar niet heus,' zegt Elvig.

'Sorry,' zegt Elvigs vader.

'Maar waarom hoefde ik niet in een pleeggezin?' vraagt Elvig. 'Dat doen ze toch, als ze denken dat ou-ders niet goed voor je zorgen. Dan halen ze je toch weg?'

'Het is allemaal net goed gegaan. Wees blij. Maar het was toch het mooist geweest als Elvig zijn moeder had gekend.'

'Die ken ik heus wel,' zegt Elvig, 'ik weet nog dat ze er was.'

'Dat kan niet,' zegt Elvigs vader, 'ze ging dood, toen was jij een paar weken oud, dat kan niet.'

'Jij kan niet in mijn hoofd kijken. Het kan wel.'

Elvigs vader wrijft Elvig over zijn bol. Ze staan voor de dubbele slagbomen. Erboven is een halfronde poort, verlicht met allerlei kleuren lampjes, AMSTERDAM FOOD CENTER staat er. Het lijkt wel de poort van een pretpark, zo mooi, denkt Casper. Elvigs vader draait het raampje omlaag en scant het pasje voor de laserstraal. Elvig kijkt of Casper ziet hoe dat gaat met dat exclusieve toegangspasje. Eerst gaat de ene slagboom open, en als ze daar onderdoor zijn de andere.

'High security. Alleen voor leden,' Elvig kijkt tevreden hoe zijn vader het pasje in zijn portemonnee stopt.

Het is rustig op het bedrijventerrein. Er rijdt een karretje met pallets, en Marokkaanse jongens met opgeschoren zwarte krulletjes en in korte leren jacks stallen hun bossen munt uit op een houten tafel onder een luifel. Ze blazen in hun handen omdat het nog koud is.

'Ik denk dat ik dat eens ga proberen,' zegt Elvigs vader als hij heeft geparkeerd. 'Al die yuppen drinken honderdtien soorten koffie en muntthee tegenwoordig. Wat zeggen jullie ervan?'

'Als je je maar niet laat afzetten door onze vrienden uit de Sahara,' antwoordt Elvig.

'Dat soort dingen mag je niet zeggen,' zegt Elvigs vader maar Elvig rent al vooruit om Casper zijn terrein te laten zien. Hij wuift naar een mijnheer in een uniform op een mountainbike.

'Dat is de marktmeester, mijnheer Wiegerinck,' zegt Elvig rennend. 'Tenminste voor jou, ik noem hem bij zijn voornaam. Hij let erop dat niemand hier pikt. Soms heb je net ingeladen en loop je naar binnen om te betalen, en dan rooft een ander de vracht uit je auto. Dat was bij mijn vader ook een keer zo. Waren we alle asperges kwijt, en die zijn duur hoor!'

'Echt waar?' Casper kan Elvig nauwelijks bijhouden.
'Ik sta toch niet te liegen,' roept Elvig, 'Je moet hard kunnen fietsen als marktmeester! En veel weten.'
Ze staan stil bij een groothandel in aardappelen. Voor de rolluiken, op het beton, staan met wit krijt prijzen geschreven. Zo kun je zien wat een kistje kost.
'Ik word later marktmeester,' zegt Elvig.
'Hard fietsen kun je al,' zegt Casper.
Elvig glundert. 'Alleen nog maar een diplomaatje halen van de middelbare school. Appeltje eitje.'
Ze kruipen onder een halfneergelaten rolluik de grote donkere hal binnen. Het ruikt er naar aarde en ze horen het gebonk van machines. Mannen in overalls steken hun hand op naar Elvig. Hij kent iedereen en iedereen kent hem. Casper steekt ook zijn hand op, want hij hoort bij Elvig.
Kaboem, kaboemkaboemkaboem, de Hollandse aardappels vallen, de hobbelige en de bobbelige en die met dikke knoesten en de langgerekte en die met rare ronde uitstulpingen, vers van het land en binnengebracht door grote vrachtauto's, ratelend, rollend, botsend en bonkend, in de daarvoor bestemde vakken van de sorteermachine.
'Vroeger kwamen aardappelen en groente en fruit hier per schip aan,' zegt Elvig. 'Je had hier aanlegsteigers voor de natte tuinders. Dat heet zo, als je met de boot kwam. Maar nu komt alles met de vrachtauto.'
In een hoek van de loods liggen de geïmporteerde aardappels, Elvigs favoriete. In kleine, schone jute zak-

ken. Aan de binnenkant zijn de zakken bekleed met lila papier.

'Dat is om ze te beschermen tegen het licht,' vertelt Elvig. 'Dit zijn nou de mooiste aardappels van de wereld. Ze komen uit Egypte.' Voorzichtig haalt hij er eentje uit een zak en legt die in Caspers handpalm. Hij is klein en gaaf en goudgeel. Heel anders dan die lompe, misvormde modderige bonken uit de sorteermachine.

'Pomme de terre,' Elvig spreekt het voorzichtig uit, als de naam van een knap Egyptisch meisje.

'Wat is dat?' vraagt Casper.

'Dat is Frans voor aardappel! Jij weet ook niet veel, Casper Puistekop!'

Caspers moeder stond een keer voor de spiegel en vroeg of ze een onderkin had. Casper leunde tegen haar been. Zijn moeder bekeek haar hals van alle kanten.

'Ja,' zei Casper, want zijn moeder mocht alles en kon alles en zij was de liefste en de beste, met het zachtste been en de grootste onderkin van de wereld.

Zijn moeder slaakte een gil en liep meteen naar de koelkast. Zij zei dat het de schuld van de aardappelen was, gooide de restjes gekookte aardappelen van gisteren weg en dronk die dag alleen maar water met citroensap.

'Dit bedrijf,' wijst Elvig op een gebouwtje, 'maakt ontbijtpakketten voor vliegtuigen en ziekenhuizen.' Ze gluren door het raam, vrouwen met witte mutsjes op en schorten voor en plastic handschoentjes aan zijn druk aan het werk.

'Vroeger,' zegt Elvig, 'verkochten ze bij de Markthallen alleen maar aardappelen, groente en fruit. Maar sinds de branchevervaging wordt hier van alles verkocht. Weet je wat dat is, branchevervaging?'

'Nee,' zegt Casper. Hij hoeft het ook niet echt te weten. Hij wordt wel moe van Elvig met die verhalen.

'Maken zij dat ontbijtpakket ook voor het ziekenhuis waar mijn oma is?' vraagt Casper.

'Voor alle ziekenhuizen.'

'Denk je dat ik kan vragen of ze er voor mijn oma iets extra's bij doen?'

Een vrouw met lang zwart glanzend haar dat in een staart onder haar kapje vandaan komt, glimlacht door het raam. Ze verpakt de kartonnetjes met daarop plakjes kaas in doorzichtig plastic.

'Kan,' Elvig haalt zijn schouders op, 'moet jij weten. Ik wacht buiten.'

Casper duwt de deur open, gaat het gebouwtje in en vraagt aan de mevrouw of ze een extra plakje leverworst bij het ontbijt van zijn oma wil stoppen.

De vrouw moet lachen en duwt een pluk glanzend haar terug onder haar kapje.

'Ligt ze in het ziekenhuis? Laten we maar hopen dat ze gauw weer beter is.'

'Nou, dat hoeft niet,' zegt Casper. 'Want als ze beter is, kan ik niet meer bij hem logeren.' Hij wijst door het raam naar Elvig. Die staat te praten met een man die van zijn heftruck stapt en een sjekkie rolt.

'Mag er ook een briefje bij?' vraagt Casper.

De vrouw scheurt een blaadje van een blocnote. Casper schrijft: 'Lieve Oma. Groet, Casper.'

'Is dat niet een beetje kort?' vraagt de mevrouw.

'Het is precies goed,' zegt Casper, 'mijn moeder zegt, je moet mensen nooit te veel verwennen, want dan denken ze maar dat alles zomaar gaat.'

'Zo te horen heb jij een wijze mama,' zegt de vrouw, die behalve lang zwart haar ook mooie donkerbruine, langgerekte ogen heeft. Ze stopt het briefje in de zak van haar witte schortjas.

'Dat valt ook wel weer mee.' Casper kijkt goed naar het gezicht van de vrouw. Het is geelbruin van kleur en rond als de maan. Ze zou Thais kunnen zijn, net als Phor.

'Kunt u hoog schoppen?' vraagt Casper.

De vrouw kijkt hem verbaasd aan.

'Spreek u dan Chinees?' vraagt hij.

'Nee,' zegt de vrouw, 'jij wel?'

'Ni Hou,' zegt Casper, 'dat betekent "hallo".'

'Je kijkt er niet erg vrolijk bij,' zegt de vrouw.

Casper vraagt zonder veel hoop, of de vrouw misschien enig idee heeft waarom Chinezen geen pindakaas lusten.

Maar dat weet de vrouw niet, ze komt uit Korea. Ze geeft Casper een dikke plak leverworst.

Elvig is dol op leverworst en ze delen het plakje. De jongens slenteren over het terrein. Voor de opengeschoven deuren van alle loodsen, staan kratten papri-

ka's, dozen vol pompoenen en kisten spinazie en tuin-
kers. Hoe goedkoper, hoe slechter de kwaliteit. Elvig
pakt een rode paprika met zachte beurse plekken uit
een kist en draait die rond in zijn hand.

'Wij kunnen dit niet verkopen op de markt,' legt hij
uit, 'maar een restaurant kan ze wel gebruiken. Daar
snijden ze gewoon de rotte plekken eruit. Dat doen
vooral de Turken.'

De Turken, die komen uit Turkije. Daar heeft zijn
moeder reisfolders voor geschreven. Dit uniek gelegen
hotel heeft twee verwarmde zwembaden die het hele
jaar geopend zijn. Turken houden van beurse paprika's.
En dikke mensen praten veel. Elvig ratelt maar door.

'Branchevervaging is bijvoorbeeld dat de slager niet
alleen vlees, maar ook broodjes verkoopt. En de bak-
ker niet alleen brood, maar ook beleg en boter,' zegt
Elvig. 'En tankstations snoep. Dat iedereen dus eigenlijk elkaars spullen verkoopt.'

'Krijgen ze dan geen ruzie?' vraagt Casper.

Een vrachtauto vol koeien rijdt naar het slachthuis,
de dieren loeien en stampen.

Elvig wijst: 'Heb je wel eens gehoord van ongebo-
ren mest? Dat is de mest die nog in de koe zit als hij
wordt geslacht. Het wordt door die buizen afgevoerd.'

Dat is het vieste wat Casper ooit heeft gehoord. Buizen vol smeuiige, stinkende poep. Ze blijven staan kijken. Daar kan flink wat in, in die grote buizen. Sme-
rig! Casper geniet.

Opeens horen ze geschreeuw, een hek valt, wild ge-
loei en hoefgetrappel.

'Hou hem! Hou dat beest!' Daar zien ze een jonge, roodbruine stier de benen nemen. Hij is uit de vrachtwagen over een deurtje gesprongen, de vrijheid tegemoet. Hij hinkt een beetje.

De chauffeur rent erachteraan, op zijn rubberlaarzen, gevolgd door een paar mannen in witte jassen. En daar komt ook de marktmeester aangescheurd op zijn mountainbike, een walkietalkie in de hand.

De stier rent alle kanten op, een minibusje van de voedselbank toetert, wijkt net op tijd uit en rijdt kisten groene en gele paprika's ondersteboven.

Dan keert de stier om, rent op zijn achtervolgers in, de chauffeur valt bovenop een kist tomaten. De stier rent in de richting van de Turkse bakkerij. Twee mannen met baarden en in lange jurken proberen zich achter elkaar te verstoppen.

'Wij gaan er ook achteraan. Kom!' Elvig trekt Casper mee.

'Die stier heet een limousinestier,' zegt Elvig, 'dat zijn de grootste stieren die er bestaan!'

De stier is jong maar toch al een flink beest. Met gespierde billen, Caspers moeder kan trainen wat ze wil, zulke billen krijgt ze nooit.

De man van de heftruck zit met koffie en een peuk toe te kijken.

Elvig springt aan de bestuurderskant de heftruck in. 'Kom slome,' zegt hij tegen Casper en hij draait het contactsleuteltje om.

'Hé! Laat staan dat ding!' roept de man maar blijft zitten waar hij zit.

'We kunnen niet hard, jammer genoeg,' Elvig drukt het gaspedaal vol in, 'hij gaat maar vijfentwintig.'

De achtervolgers van de stier rennen bij het pluimveeverwerkingsbedrijf de hoek om. Daar gaat een stapel kratten om, vacuüm verpakte eenden rollen alle kanten op.

'Hé! Pa!' roept Elvig als ze langsscheuren. Elvigs vader, die dozen munt inlaadt, staart ze verbaasd na. Elvig gniffelt. 'Pa heeft het mij zelf geleerd.' Doordat hij even niet oplet, ontwijkt Elvig maar net een vrouw in een groene Fiat.

De stier staat te briesen bij de palletopslagloods. De mannen proberen hem in een hoek te drijven. De stier schuimbekt. Zijn voorbeen trekt erger dan daarnet.

'Weet je wat wij doen,' beslist Elvig, 'we gaan er gewoon recht op af. We zetten hem klem. Let op.'

Casper knijpt zijn ogen dicht en houdt zich vast aan de randen van zijn stoel.

'Een, twee, drie,' Elvig schakelt, hijst de ijzeren leggers op en daar gaan ze. 'In de aanval.'

De mannen klappen. Ze hebben hem klem! Casper opent zijn ogen en hij kijkt recht in de woeste ogen van de stier. Het voorraam is beslagen door de adem van het beest. Casper drukt zich tegen de rugleuning van zijn stoel.

De mannen van het slachthuis lopen weg met de stier aan een touw. De stier heeft een kalmerende spuit gekregen en sjokt met afhangende kop.

De marktmeester leunt door het raampje naar bin-

80

nen. 'Hebben jullie hier papieren voor, jongens, of zal ik het voor deze keer maar door de vingers zien?' Hij grinnikt en schudt Elvig en Casper stevig de hand. 'Loop maar even achter die kerels aan,' zegt hij, 'ik hoorde die chauffeur iets zeggen over een beloning.' De marktmeester krijgt een melding van illegale verkoop en stuift ervandoor.

'Ik ga niet naar het slachthuis,' zegt Casper. 'Ik vind het zielig voor die stier.'

'Daar moet je niet aan denken,' zegt Elvig. 'Als ze mank zijn worden ze altijd afgemaakt. Je moet bedenken hoeveel hamburgers dat gaat worden.'

'Grappig hoor, die marktlui,' zegt Casper, 'maar niet heus.'

'Als dit later van mij wordt,' zegt Elvig, 'dan laat ik het beter beveiligen. Met wachttorens op alle hoeken. En zoeklichten.'

MOOI WEER-KOOPMANNEN

Elvigs vader vraagt, als ze het terrein afrijden, of de stoere stierenvangers zin hebben om hem te helpen op de markt vandaag. Behalve munt heeft hij heel veel bessen gekocht.

Geld verdienen, daar hebben ze vandaag zeker zin in. Als Casper achterom kijkt, lijkt het net of er boven de ingang op de grote verlichte boog staat:

ELVIGS FOOD CENTER

Zwaarbewapende mannen patrouilleren op de wachttorens.

De zon is al op, de lucht helderblauw en de jongens laden samen met Elvigs vader de munt en het fruit uit de bestelbus. Karren met opleggers ratelen voorbij, marktkooplui begroeten elkaar luid en de marktmeester wijst waar de voorkeurskaarthouders vandaag hun stand kunnen opzetten. Een Marokkaanse jongen die handelt in sportschoenen krijgt een plaats recht tegenover de sportshop.

De eigenaar van de sportshop, die net zijn rekken kleding naar buiten rijdt, roept: 'Lekker is dat! Recht voor mijn zaak! Kan onze vriend Mohammed niet een stukje gaan wieberen!'

Een marktmeester probeert uit te leggen dat het echt niet anders kan vandaag, de sportshopeigenaar wijst dreigend naar de marktmeester en roept: 'Ik ga een klacht indienen, wacht jij maar!' Casper en Elvig hopen dat ze gaan vechten maar dat gebeurt niet. De sportshopeigenaar loopt boos naar binnen. Hij stoot bijna een rek met gebloemde zwemshorts omver.

Een hoogblonde dame in een strakke leren broek bouwt haar kraam op naast Elvigs vader. Aan een rek vol bh's en strings hangt ze een kartonnetje: *3 voor 7. 50. Niet ruilen.*

'Passen kan hier wel bij mij achter!' knipoogt Elvigs vader.

'Viezerik is mijn pa, hè,' zegt Elvig zachtjes achter zijn hand.

'Mijn moeder ging zoenen met de leraar van body-pump,' fluistert Casper.

'Gadver,' zegt Elvig.

Elvigs vader pakt een paar gympen op die de Marokkaanse jongen uitstalt op schoenendozen en bekijkt ze van alle kanten.

'Zelfde rotzooi die wij verkopen in Beverwijk,' zegt Elvig die meekijkt.

'Dit is betere kwaliteit,' zegt Elvigs vader en hij buigt de zool van een witte namaak Adidas-gymp.

'Superkwaliteit.' De jongen zet een paar gele Nike-dunks netjes op een doos. 'Niet van echt te onder-scheiden.'

Casper kijkt naar de tijgerprint-bh's.

'Ik ga die voor mijn moeder kopen,' zegt hij.

'Dat moet je niet doen,' zegt Elvig. 'Wat moet je nou met drie paar, je moeder heeft toch geen drie paar tieten.'

De verkoopster vindt het goed, 'alleen omdat jij het bent', dat Casper er maar eentje koopt.

'Mijn vader zegt, de ideale maat is een flinke stoofpeer. Dat ligt lekker in de hand,' zegt Elvig.

'Vindt ze dat soort dingen mooi?' vraagt Elvigs vader.

'Ja,' zegt Casper. 'De Thaise huishouder mag ze niet in de wasmachine doen. Sommige kosten meer dan wat hij op een dag verdient, zegt ze.'

Elvigs vader grinnikt. 'Goede smaak heeft jouw moeder,' hij steekt een duim op.

'Een-il-le-ga-le-Thai-is-i-de-aal,' zegt Casper.

'Kijk nou!' roept Elvig. 'Gladde Jopie de standwerker is er, lachen!'

'Ik dacht dat jullie mij zouden helpen!' De eerste klanten komen naar de kraam van Elvigs vader, hij heeft aalbessen en bosbessen in de aanbieding vandaag. Maar de jongens zijn er al vandoor.

Casper hoort hem nog een heel stuk verder: 'Heerlijke aalbessen voor weinig! Bosbessen en aalbessen, ze zijn er weer! Veel bessen voor weinig geld!'

Gladde Jopie, een kale man met een grote grijze krulsnor, verkoopt scheermesjes. Achter zijn oor steekt de houten steel van het mes en in zijn hand heeft hij een bak schuim.

'Hij is een soort toneelspeler, hij heeft een act,' zegt Elvig, en de jongens haasten zich naar de kraam waar zich nieuwsgierig publiek verzamelt.

'Ik heb twee frisse Hollandse knapen nodig, ha, daar zie ik ze al!' Hij loopt de jongens tegemoet. Met een groot gebaar pakt hij Casper bij de kin en kijkt hem diep in de ogen. De gebloemde blouse van Joop is een stuk opengeknoopt, Casper ziet de zwarte en grijze krulharen op zijn borst. Joop begint dik schuim te kwasten op Caspers wangen en kin, dat kriebelt lekker.

'Hadden wij een geluk, Jopie staat er niet vaak.' Elvig duwt de deur van het marktcafé open. Het is schemerig, de bardame tapt een biertje en neuriet mee met de muziek.

Aan een houten tafeltje, vlak voor het raam, zit een van de oude mannen van de aardappelkraam te kaarten. Een leeg bierglas voor zich. Hoewel het warm is, draagt hij zijn tweedjas en een sjaal.

Elvig bestelt bij de bardame twee broodjes warm vlees, met extra satésaus, en trekt Casper mee naar de wc's om hun gezicht te wassen. Maar de barvrouw zet het biertje dat ze heeft getapt op een viltje op de bar en zegt: 'Hier stelletje flierefluiters, breng dat eens naar jullie collega.' Ze knikt naar de oude man.

'Hij kan toch zelf lopen,' moppert Elvig. Casper pakt het koude glas van de bar. Ik ben een beleefde jongen, denkt Casper, ik doe altijd wat iemand mij vraagt. Behalve als ik er geen zin in heb. Casper zet het biertje midden op het ruwhouten tafeltje. De poten zijn ongelijk, het tafeltje wankelt.

Hij is nog ouder dan opa en oma, denkt Casper, dat zie je wel want zijn neus is al flink gegroeid. De oude man neemt een slok bier en zijn neuspuntje steekt bijna in het glas. Hij kijkt met één oog dichtgeknepen naar Casper.

'Weet jij wel, hoe lang ik hier al ben?' vraagt hij.

'Vanaf dat het café open is,' raadt Casper.

'Op deze markt, bedoel ik natuurlijk!' Bij het woord 'deze' klopt hij met zijn dooraderde hand op de houten tafel.

'Sinds de oorlog, jongen. De Tweede Wereldoorlog.'

'Die ken ik wel,' zegt Casper, 'van School TV. Dat is die oorlog in zwart-wit.'

Elvig wenkt Casper.

'Kom, Puistekop. We moeten mijn vader helpen,' zegt Elvig, 'het werk roept.' De barvrouw zet twee witte broodjes op de bar die ze overgiet met dampende saus.

'Op rekening van m'n pa,' zegt Elvig.

'Je moet niet naar die oudjes luisteren.' Elvig neemt een grote hap. De jongens zitten met hun broodje op de stoep, lekker in de zon. Elvig likt saus van het servet. Het scheerschuim droogt en Caspers wangen voelen trekkerig. Klodders zijn op de hals van zijn T-shirt gedrupt. Casper schuift tegen de muur om een jongen met tatoeages in zijn nek en twee grote gespierde honden aan de lijn langs te laten.

'Pitbulls,' zegt Elvig bewonderend. De een heeft een riem strak om zijn snuit gebonden en gromt. Die met de breedste kop ontbloot zijn tanden tegen een kleuter die hem wil aaien. De moeder trekt het joch weg.

Een straatmuzikant zet zijn centenbakje op de grond en haalt zijn gitaar uit de hoes.

'Later neem ik ook van die vechthonden. Als die bijten laten ze nooit los. Weet je wie er trouwens na de oorlog hier kwamen? Toen de markt op zijn gat lag. De Chinezen.'

Hoort Casper dat goed?

'Massa's Chinezen,' vervolgt Elvig, 'die gingen op de markt textiel verkopen en kant-en-klare happen. Loempia's.'

Casper kijkt vanaf het hoekje waar ze zitten de markt op. Links en rechts loopt de markt zover door dat hij het eind niet kan zien. Maar hij weet dat de markt aan die ene kant helemaal door gaat tot aan de McDonald's en aan de andere kant tot aan dat kraampje waar een oude dame Spidermanmutsen verkoopt. 'De Cuyp is de grootste markt van Amsterdam,' zegt Elvig.

Hij leunt lekker achterover tegen de muur, zijn ogen dicht en zijn gezicht naar de zon. 'Mensen waren gek op de Chinezen en hun handel.'

'Ze stonden hier en vooral ook op het Waterlooplein. En nu veroveren ze de hele wereldmarkt. Met computers, auto's, alles. Iedereen is bang voor ze. Ze gaan de boel overnemen. De Chinezen, die hou je echt niet tegen. Ze zijn nu al de grootste exporteur van de wereld.'

Chi-nees, denkt Casper. Een-Chi-nees-die-hou-jeniet-tegen. Ni-hou. Chi-Nees. Chi-Jaas. Iedereen is bang voor Chinezen. En hoef je helemaal niet met je potjes pindakaas bij hen aan te komen.

De jongens slenteren met hun buik vol, op hun gemak naar de kraam van Elvigs vader. Casper kijkt naar Elvig, die een draadje vlees tussen zijn kiezen vandaan peutert.

Casper stelt zich Elvig voor als een Chinees. Dik, spekrollen in zijn zij, maar geel, met pikzwart stijl haar en scheve ogen. Hij maakt met gevouwen handen een buiginkje en heeft een rieten hoed op. Hij eet een loempia.

De mensen staan bij de kraam in de rij voor de aanbiedingen. Elvigs vader roept: 'Fijn hoor, jongens, maar niet heus! Ik dacht dat jullie mij gingen helpen vandaag, de hele ochtend is al om!' Hij tikt op de wijzerplaat van zijn Rolex. 'Stelletje Mooi Weer-koopmannen!' Zijn vingers zijn donkerblauw van het bosbessensap. Handig stopt hij twee doosjes kruisbessen in een papieren zak, vouwt die dicht en geeft hem aan een mevrouw. 'Wie was er dan?'

Een van de oude mannen, de kraag van zijn lange grijze jas hoog gesloten, staat achter zijn aardappelenkraam. Hij steekt een hand op naar de jongens. Casper wil terugwuiven, maar Elvig trekt, door een ruk aan zijn elleboog, zijn arm naar beneden. Elvig zet een paar doosjes aalbessen recht en stoot Casper aan dat hij dat ook moet gaan doen.

Elvigs vader zegt: 'Ik vind jou niet zo aardig tegen die oudjes de laatste tijd. Om precies te zijn sinds je bevriend bent met Casper. Het lijkt wel of je bang bent dat Caspers aandacht door iemand anders wordt gestolen.'

'Jij praat echt onzin.' Elvig kijkt zijn vader niet aan.

VOOR MEISJES

Elvigs vader is allang naar de markt wanneer de jongens wakker worden. Zij gaan niet, want geld verdienen is niet iets wat Casper elke dag wil doen.

Net voor de jongens naar buiten gaan, rinkelt de telefoon, het is oma.

'Dag liefje,' zegt ze, 'heb je het nog naar je zin daar?'
Elvig staat bij de buitendeur en wenkt hem. Zonlicht valt door de deuropening de Lawaaicontainer in. De buurman loopt voorbij met een gereedschapskist en steekt een hand op.

'Ik moet nu ophangen oma,' zegt Casper, 'want ik moet buiten spelen.'

Oma lacht. 'Blijf jij nog maar een paar daagjes daar, als het van Elvigs vader mag. Je moeder is het er niet mee eens maar die zit denk ik voorlopig vast in de storm. Als ik Google mag geloven.'

Leeuweriken hebben vanochtend vroeg hoog in de blauwe lucht gezongen, libelles boven de slootjes gedanst, maar dat hebben de jongens niet gezien.

Als ze aan de slootkant zitten te vissen staat de zon aan de hemel en is het gras al kurkdroog.

De vissen willen niet bijten, maar de jongens vervelen zich niet.

'Mijn moeder zit vast,' zegt Casper.
'Heel goed,' zegt Elvig. 'Lekker laten zitten.' Casper

wiebelt met zijn tenen in het slootwater. Je ziet de bodem. Er zwemmen kleine visjes, heel snel, alle kanten op. Er lopen beestjes over het water, spinnetjes, het lijkt of ze schaatsen. Een spinnetje klimt op een blote teen van Elvig.

Elvig leert Casper fluiten op gras. Je moet het grasblad tussen je duimen houden en er dan tegen blazen.

Elvig gaat achterover liggen met zijn handen achter zijn nek om naar de wolken te kijken en Casper vlecht een lange ketting van paardenbloemen.

'Dat is voor meisjes,' zegt Elvig. Maar hij houdt in de gaten hoe Casper het doet. En hij probeert het ook. Als hij zijn ketting af heeft, doet hij hem om en zegt dat het een wurgketting is. Als je die bij je vijand om doet, wordt hij automatisch gewurgd. Ze besluiten rond te gaan fietsen, op zoek naar vijanden die ze kunnen wurgen. De hengels planten ze in de slootkant in de grond, daar hoef je niet bij te blijven, vissen die bijten vanzelf ook wel, of niet.

Elvig zit in het kistje, dwars, anders past hij er niet in. Casper moet zwaar trappen om vooruit te komen.

Elvig zegt: 'Hé, Casper Puistekop, denk je dat ik de volgende vakantie bij jou kan logeren? Bij jou kunnen we iedere avond computeren.'

'Ja,' zegt Casper.

In je eentje computeren is niks aan. Zijn moeder zit meestal in de keuken achter haar laptop. Ze laat de deur openstaan, maar wat heb je daar nou aan. Als je roept, 'mam, moet je nou eens kijken,' legt ze haar vinger voor haar lippen en zegt: 'Ik ben even bezig, schat.' Als ze eindelijk komt, heb je het monster al verslagen of ben je je extra levens al weer kwijt. Daar heb je dus niks aan. Met Elvig de hele avond computeren is anders. Ieder met zijn eigen controller op de zachte bank met grote kussens. Elvig zakt er natuurlijk een flink stuk in weg waardoor Casper tegen hem aan leunt.

'Hé, laten we daar heen gaan!' wijst Elvig.

Het lijkt alsof er een stuk verderop een grote, blauwe poort verrijst. 'Het is de Avondvierdaagse, daar doet mijn vader altijd aan mee.'

Als ze dichterbij zijn zien ze een groepje mannen dat een poort van wel vier meter hoog oppompt. Bovenop staat START geschreven.

Andere mensen spannen roodwitte linten om publiek op afstand te houden.

Een mevrouw in een kaki bermuda waar knokige bleke, benen onderuit komen, bevestigt een bord aan een kraam waarop staat: AVONDVIERDAAGSE NA INSCHRIJVING.

'Doen jullie ook mee? Vier avonden tien kilometer wandelen. Dat lukt jullie vast makkelijk. Gezond, lichaamsbeweging.' Ze kijkt Elvig aan.

'En alle deelnemers krijgen op het eind een leuke herinnering.'

'Tien kilometer. Appeltje eitje,' zegt Elvig.

'De route van vanavond gaat zo,' wijst de vrouw, 'eerst langs de haven en dan door de weilanden, langs die containers.'

'Dat is langs jouw huis!' roept Casper.

De vrouw zegt: 'Nee hoor, daar woont niemand. Het is een natuurgebied, met hele bijzondere vogels. Er schijnen zelfs vossen te zitten. Ja, in die gele containers wonen geloof ik een paar asocialen. Herrieschoppers.'

'Zullen we meedoen?' vraagt Casper.

'Nee,' zegt Elvig en hij loopt weg.

Een stukje verder gaan ze zitten op een bankje. Elvig schuift onderuit, een frons op zijn voorhoofd.

'Waarom doen we niet mee?' zegt Casper. 'Ik wil wel. Mij lijkt het leuk. En we krijgen een Leuke Herinnering op het eind.'

'Nee,' zegt Elvig weer.

'Waarom niet?' zegt Casper. 'We krijgen een Leuke Herinnering op het eind. En we komen langs jouw huis.'

'Dat heb je al gezegd. Ik hoef geen leuke herinnering.' zegt Elvig. 'Ik heb al genoeg leuke herinneringen.'

Misschien is de Leuke Herinnering wel een pen, denkt Casper, net zo'n mooie als Elvig van de bank heeft gekregen.

'Weet je waar je onderweg langskomt, met die stomme Vierdaagse, dan kom je langs het huis van asociale herrieschoppers! Dat zei ze!' Elvig slaat met zijn vuist op zijn been.

'Maar dat is niet zo,' zegt Casper. 'Jouw vader is helemaal geen herrieschopper. Hij schreeuwt nooit. Alleen op de markt. Maar dat moet juist.' Casper doet het na, zijn handen als een toeter om zijn mond: 'Sappige aardbeien, nu voor weinig mevrouwtje! Wie

92

maakt mij los! Mooie rrrronde meloenen!' Hij laat de
'r' net zo diep rollen als Elvigs vader dat kan.
'En de buurman schreeuwt ook niet. Die fluistert
juist vaak. Tegen de hond. Dan tilt hij zo'n groot oor
op als hij hem aait en dan fluistert hij erin.'
Elvig zit met zijn armen over elkaar. Hij gromt.
Knarst met zijn kiezen.
Casper ziet zichzelf en Elvig vooraan de stoet wandelaars de finish overgaan. Ze krijgen als eerste een
pak zo groot dat ze het bijna niet kunnen tillen, een
pak met daarin een Leuke Herinnering: honderden
pennen.
'Mensen mogen je gewoon niet als je in een container woont.' Elvig haalt zijn neus op. Bij sommige mensen gaat hun neus lopen als ze verdrietig zijn.
'Ben je nu verdrietig?' vraagt Casper.
'Natuurlijk niet,' zegt Elvig, 'ik ben nooit verdrietig.
Ik huil ook nooit.'
Casper wilde dat hij Elvig kon inpakken, net als een
aardappel, in een jute zak met lila papier aan de bin-
nenkant, om hem te beschermen tegen vrouwen met
lelijke knieën in korte broeken.
Elvig veegt met de rug van zijn hand een sliert snot
weg onder zijn neus.
'Zal ik die vrouw een beuk geven?'
'Ik weet niet of dat een goed idee is,' zegt Casper.
'Maar het kan wel,' zegt Elvig. 'Ik kan haar wel een
beuk geven.'
Casper kijkt naar de wurgkettingen om hun nek.
Opeens lijken ze inderdaad kinderachtig en voor

meisjes. De gele bloemblaadjes zijn verpieterd, slap geworden. Daar kun je niks mee, dat is duidelijk.

De jongens zwijgen. Elvig schopt een kiezelsteentje weg. Een jongen in een overall laadt dozen sportdrank uit een bestelauto. Een auto met op de oplegger twee groene mobiele toiletten parkeert naast de blauwe poort.

Elvig begint te grijnzen. Te grijnzen zoals hij nog nooit heeft gegrijnsd. 'Mijn vader die deed vorig jaar mee met de Vierdaagse en hij zei dat die chemische toiletten heel vies waren. En ook dat er te weinig waren. Ik weet wat. Dit wordt 'm. Wij gaan een klapper maken.'

Hij kijkt op zijn horloge. 'Kom op, slome, we hebben haast.' Elvig pakt de fiets en springt erop. Casper moet hollen om zich in het kistje te kunnen hijsen. De vrouw in de bermuda staat op een klein podiumpje en test de luidspreker. 'Test, test twee, test…'

Elvig rijdt er als een razende marktmeester heen en schreeuwt: 'Mevrouw, mevrouw, hoeveel mensen doen er eigenlijk mee?'

De vrouw haalt de luidspreker weg voor haar mond. 'Vorig jaar hadden we vijfhonderdzevenentwinig voorinschrijvingen,' zegt ze. 'Met op de eerste avond nog honderdtwee, nee, honderdvijf nainschrijvingen en het aantal uitvallers bedroeg in totaal…'

'Dank u voor de informatie!' roept Elvig en hij is er alweer vandoor. Onder zijn oksels en op zijn rug is zijn T-shirt doornat van het zweet, hij lijkt wel een natte, spekkige walrus.

LEEG JE BLAAS BIJ EIGEN BAAS

In de goedkope Duitse supermarkt lopen de jongens door het pad met bier en wijn. Ze zijn op zoek naar het wc-papier.

'Hier dronk jouw vader ook veel van, hè?' Casper wijst naar opgestapelde dozen met halve liters bier. Een vrouw met lang sliertig haar, in een jas waarvan een knoop mist, tilt een tray in haar karretje. Ze kijkt achterdochtig op. Casper kijkt naar haar kuiten, ze doet niet aan bodypump want ze heeft niet zulke mooie, bruine slanke benen als zijn moeder. De vrouw heeft donkerpaarse adertjes op haar wangen.

'Mijn vader drinkt allang niet meer,' zegt Elvig kortaf en zonder zich om te draaien.

Dat vindt de baas van deze winkel vast jammer, denkt Casper. De vrouw legt een doos vol flessen wijn die in de aanbieding is, op de stangen onder de kar.

Elvig staat voor de schappen wc-papier. Roze rollen en witte met bubbeltjes en extra lagen, en lichtgroene met vlindertjes, en goedkoop hard grijs. Pakken met vierentwintig rollen.

'Wat we nu doen heet investeren,' legt Elvig uit. 'We kopen van ons eigen geld iets om daar weer meer geld mee te maken.' Hij klikt op het knopje van zijn pen.

'Een klapper,' zegt Casper.

'Precies,' zegt Elvig.

'Een il-le-ga-le-Thai-se klapper,' zegt Casper.

'Wat praat jij nou weer voor onzin,' zegt Elvig.

Hij begint te berekenen hoeveel wc-rollen ze nodig hebben. 'De meeste mensen hebben thuis al gepoept voor ze weggingen,' stelt Elvig. Dus voor de mannen hebben ze geen wc-papier nodig, behalve als ze toevallig hun neus moeten snuiten. Voor de vrouwen wel. Wandelen is niet stoer, dus ze denken dat meer dan de helft van de wandelaars vrouwen zijn, ongeveer driehonderdvijftig.

'Maar hoeveel velletjes gebruiken ze per keer?' vraagt Elvig.

'Weet ik niet,' zegt Casper.

'Hoe kan dat nou,' zegt Elvig. 'Jij woont toch met je moeder, hoe kan het nou dat je zoiets niet weet. Jij weet ook niet veel, zeg.'

Omdat Elvig er verder ook niet uitkomt en hij niet heel veel geld op zak heeft, besluiten ze het bij een pak goedkoop grijs wc-papier te laten.

'En anders hebben we nog ouwe kranten,' zegt Elvig. De doos vol oude kranten staat nog steeds bij de voordeur. Casper heeft zijn Vakantie Doe Boek erbij gelegd.

'Het bonnetje bewaren we,' Elvig loopt gewichtig naar de kassa. Hij vouwt het bonnetje keurig op en stopt het bij zijn pen, in zijn broekzak.

Het pak wc-papier past goed in het kistje. Casper klimt er bovenop.

'Vrouwen zijn lastig,' zegt Elvig, 'maar je kan wel grof aan ze verdienen.'

In het Lawaaihuis schrijven de jongens WC – 1 METER op een blad, in grote letters met een pijl erachter.

Casper kleurt de letters mooi in met alle kleuren waskrijt. Elvig maakt de letters zwart want dat gaat sneller.

'Ik denk dat het wel iets verder is, van de weg naar het Lawaaihuis,' zegt Casper. Hij kleurt de W in met gele zonnetjes.

'Zo precies hoeft dat niet,' zegt Elvig. 'En mensen zijn lui, die vinden alles te ver.'

Uit de gereedschapskist halen ze spijkers en een hamer.

'Wc, dat betekent watercloset,' zegt Casper die zijn papier tegen een grote eikenboom drukt zodat Elvig er een spijker door kan timmeren.

'Hè, wat?' zegt Elvig met een rood hoofd van inspanning, 'dat betekent toch gewoon plee, pot, schijthuis?' Dat laatste woord zou hij nooit durven zeggen als zijn vader in de buurt was.

'Ook,' zegt Casper die zijn hand snel verplaatst omdat Elvig er bijna met de hamer op slaat, 'maar de letters betekenen watercloset.'

'Wat is dat nou weer,' zegt Elvig, 'water-hoe?'

'Ik weet er nog een, zegt Casper. 'Z.o.z. Zie ommezijde. Dat betekent dat je aan de achterkant van de bladzijde moet kijken.'

Elvig staart hem aan, de hamer in zijn hand. 'Wie verzint die gekkigheid? Z.o.z. En ze bedoelen dat je de bladzijde moet omslaan. En daar krijgen ze ook nog

97

voor betaald zeker, voor dat soort flauwekul verzinnen. Wat een rare dingen weet jij! Echt van die dingen waar je niets aan hebt. Maar wel grappig.'

'Dat vertelt mijn opa,' zegt Casper, 'die werkt met zijn hersenen en daarom weet hij veel maar kan hij niks.'

Elvig mept zo hard als hij kan op de spijker. Die gaat scheef maar hij zit er wel in en daar gaat het om.

Hij bekijkt tevreden het resultaat. 'Nu hebben we onze eigen zaak. Helemaal van onszelf alleen. Van niemand anders. Wij zijn Eigen Baas.' Dat laatste spreekt hij bijna plechtig uit. Hij hangt de hamer aan zijn achterzak en loopt terug naar de container.

Hij loopt gewichtig, breder, met zijn benen wijder dan anders. Casper is ervan onder de indruk. Casper kan het niet. Om zo te kunnen lopen moet je van die stevige boomstamdijen hebben, die bijna tegen elkaar aanschuren, en van die brede schouders. En Casper, die heeft nu eenmaal magere spillebeentjes en schouders waarvan je de botten ziet zitten. Dus hij gaat huppelen, dat kan hij wel goed. 'Eigen Baas,' zegt hij bij iedere huppel, 'Wij Zijn Eigen Baas, Leeg Je Blaas Bij Eigen Baas. Eigen Baas Moet Investeren, Ja, Mijnheer Dat Mocht U Willen, Graag Of Traag! De Zon Gaat Op Voor Nop, en Aardig Dat Betaalt Geen Rekeningen.'

Het startschot van de Avondvierdaagse heeft geklonken. Voorop loopt de percussieband uit de Bijlmer, die hoor je bij het Lawaaihuis al aankomen, schel gefluit en tromgeroffel.

Sommige jongens hebben rastaharen en anderen vlechtjes met gele, rode en groene kraaltjes. Casper doet hun danspasjes na; je been voor, roffel op de trom, en dan hetzelfde been een stap naar achter. En je moet er een soort swing ingooien, maar dat kun je of dat kun je niet. Casper kan dat.

'Die lijken op jou,' zegt Elvig. 'Je lijkt op een neger en die lijken op elkaar, allemaal.'

'En jullie dikzakken lijken op walvissen,' zegt Casper. 'Op asociale walvissen.'

Elvig knijpt zijn ogen halfdicht en loert tussen zijn wimpers door. Dat doet hij altijd als hij boos wordt. Casper doet het ook. Zo kijken ze elkaar aan. Dat kan Casper lang volhouden. Ook al is Elvig een kop groter en drie keer zo zwaar als hij. Casper is niet bang. Hij knippert niet en zijn ogen tranen ervan, maar dat geeft niets.

'Wat moet jij nou helemaal,' zegt Elvig. 'Stel dat je mij niet had ontmoet op het Centraal Station, dan zat je daar nog op die trap, tussen de zwervers.'

Casper zegt niets. Hij weet zeker dat hij niet meer op een trap zou zitten, in welke stad, op welk station dan ook. Hij weet waar je geld moet zoeken, in koffieautomaten, en als dat niet lukt kun je eten zoeken op markten die scheiden. Als je alleen met de trein bent gegaan, zo'n heel eind, je hebt verstopt voor de conductrice en je al die tijd je moeder bijna nooit mist, dan hoef je nergens bang voor te zijn, zegt Casper tegen zichzelf.

'En omdat je op een neger lijkt, heb jij zo'n rare platte neus,' zegt Elvig.

Casper grijpt zijn neus vast. Die neus, daar is hij trots op, daar mag niemand iets over zeggen.

'Mijn vader,' hij wacht even. Soms moet je even wachten voor je iets belangrijks zegt, dan luisteren mensen beter. Hij begint dan opnieuw. 'Mijn vader is brandweerman in Amerika.' Casper spreekt de woorden 'brandweerman' en 'Amerika' met nadruk uit.

Elvig kijkt Casper met open mond aan. 'Echt?'

Casper voelt zijn wangen gloeien. Hij lijkt, net als toen in de trein, een stuk te groeien. 'Echt.'

Elvig is er stil van.

De jongens zitten in hun gestreepte klapstoeltjes voor de lawaaicontainer en zien, hoog in de blauwe lucht, een wolk verschijnen. En in die wolk zien ze een donkerbruine brandweerman uit Amerika die naar hen lacht. Hij heeft dezelfde neus als Casper, maar nog veel breder en platter. Een Echte Neger-Neus, zo een waar je u tegen zegt, denkt Casper.

Hij rolt de mouw van zijn brandweeroverall op en spant zijn stalen biceps. Zo groot als een voetbal! En zijn gespierde dijen, groter dan Elvigs buik.

Achter hem staat Amerika in brand. Hij snuift. Wiebelt met zijn stevige neusvleugels. Knipoogt naar de jongens en houdt losjes in een hand de brandweerslang vast. Hij blust zonder moeite de brand. In zijn eentje.

Daarna verdwijnt hij en is de lucht weer strakblauw.

Casper voelt dat er iets van de stoerheid van zijn vader, net uit die wolk, op hem over is gestraald.

Elvig ziet het in zijn ogen. Met Casper valt niet te spotten.

'Heb je hem wel eens in het echt gezien?' vraagt Elvig.

'Nog niet,' zegt Casper, 'hij weet ook niet dat ik besta.'

'Dan is het echt een verrassing als je komt,' zegt Elvig. 'Dan kun je het best op zijn verjaardag gaan. Dan is het een dubbele verrassing. Dan spring je uit een doos met een strik erom.'

Dat lijkt Casper een goed idee.

Elvig zegt, aarzelend. 'Misschien kan ik ook mee als je naar hem toe gaat? Dan springen we samen uit die doos.'

'Is goed,' zegt Casper. 'Maar ik eerst, want het is mijn vader.'

'Logisch,' vindt Elvig.

De rest van de middag hangt er op het hele terrein – als je goed kan ruiken tenminste – een lichte brand-lucht.

Op het tafeltje tussen hen in staat de aardewerken fruitschaal. Elvig heeft de bananen die erop lagen net-jes op de keukentafel gelegd. Nu liggen op de bodem van de schaal al wat muntjes.

Daar komt een moeder voorbij in een joggingbroek, met aan elke hand een kind. Caspers moeder neemt geen kinderen mee als ze iets leuks gaat doen maar geeft ze een Vakantie Doe Boek.

Kijk daar; een troep soldaten in snelle draf en met volle bepakking, de grond dreunt ervan. Soldaten zijn niet zo stoer als brandweermannen.

En daar komen meisjes aan in hele korte, uitwaaierende roze rokjes. Ze hebben grote pluizige pomponnen aan hun handen waar ze mee schudden.

De ene die voorop loopt, met prachtig blond haar, bijna tot haar billen, knipoogt en zwaait haar benen met witte enkelaarsjes, een voor een, hoog in de lucht. Elvig knipoogt terug. 'Dat zijn cheerleaders. De voorste mag gratis plassen,' zegt hij.

Maar het meisje hoeft niet te plassen, of ze wacht ermee tot ze weer thuis is.

Een klein jongetje met een pakje chocomel in zijn hand staat te huilen in de berm. Een oma met kort grijs haar helpt hem zijn sandaal uittrekken en bekijkt zijn voet. Haalt een doosje blarenpleisters tevoorschijn. Casper hoopt dat de voeten van zijn moeder in de bergen ondertussen vol met blaren zitten, dat ze geen blarenpleisters bij zich heeft en dat ze die daar ook nergens in de buurt verkopen.

'Kijk!' roept Elvig. Wie komen daar aan, zingend?' *En datte we toffe jongens zijn dat willen we weheten...* De mannen van de worstelclub, in nieuwe rode wedstrijdtrainingspakken, met op de rug, in een boog geschreven DOOR VRIENDSCHAP STERK.

'Dat stelletjes van de pot gerukte mafketels,' zegt Elvig.

Die trainingspakken hebben ze gekregen van de sportshop op de markt, die sponsort de club omdat Elvigs vader weleens een handje helpt als er een 'incident is met een klant die vergeet te betalen'.

'U bedoelt zeker dat als er een dief in hun winkel is, u dan zijn tronie helemaal verbouwt,' had Casper gezegd.

'Ik zou het zelf niet zo zeggen. En mensen moeten toch gewoon van elkaars spullen afblijven, of vind jij niet dan?' had Elvigs vader geantwoord en hij hield het trainingsjasje voor. 'Staat goed, toch?'

De worstelclub gaat zichzelf onderweg promoten. Ze hebben nog maar zeven leden, waarvan de jongste Elvigs vader is.

'Gelukkig hebben ze niet hun worstelpakken aan, want dan wordt er zeker niemand lid,' zegt Elvig.

Ze zoeken, zoals Elvigs vader het noemt, 'nieuwe aanwas'. De zeven kerels, plus de vrouw van de voorzitter – die telt niet mee want die worstelt niet serieus – wuiven naar de jongens. Ze lopen stevig door zodat iedereen ziet dat het fitte kerels zijn. Elvigs vader heeft zijn nieuwe, spierwitte, niet van echt te onderscheiden Adidas-gymschoenen aan.

DUIZENDEN BILLEN

Het mooiste van de Avondvierdaagse vinden de jongens de honderden, nee, duizenden billen die voorbijkomen, ze wijzen elkaar alle opvallende aan; dikke flubberbillen, stevige sportbillen, oude dunne billen, meloenbillen, kordate billen strak verpakt in elastische hardloopbroekjes, hele saaie gewone billen, dansende en kerende draaibillen, appelbillen waar je wel in zou willen bijten, gezellige zachte wiebelbillen, billen zo groot als je ze nog nooit hebt gezien, puntbillen, billen met zijflappen, billen met putjes en deuken, slappe drillende lilkonten, afgetrainde en precies-in-de-maat-marcherende keiharde soldatenbillen en billen zo mager dat het geen billen zijn, grote verlegen billen verstopt onder wijde rokken en plooibroeken en behaarde billen. Die haren zien ze natuurlijk niet, maar die vermoeden ze wel.

Tussendoor doen ze zaken. Vanaf het begin gaat het goed. Toiletbezoek 50 cent, ze hebben een briefje aan de tafel geplakt. 'En geen cent minder,' zegt Elvig, 'als ze geen geld bij zich hebben gaan ze maar wildplassen. Voor niks gaat de zon op. Als zakenman moet je keihard zijn.'

De eerste klanten waren een moeder en een vader met twee dochtertjes in roze trainingspakjes, een tweeling.

'Jongens, is hier het toilet?' vroeg de moeder. Omdat Elvig vond dat de twee meisjes zo schattig keken, zulke lieve kleine wipneusjes hadden, zulke schattige staartjes met roze strikjes, zei hij dat ze gratis mochten.

Elvig schuift de munten van de fruitschaal in een schoenendoos die onder het klaptafeltje staat.

Casper ligt fijn in zijn klapstoeltje en kijkt naar de wolken. Streepwolken zijn het vandaag, daar houdt Casper van.

'Hé, niet liggen dromen, jij!' Elvig stoot hem aan. En hij heeft gelijk want vanavond zijn ze Eigen Baas en de mensen moeten poepen en plassen.

Twee blonde broertjes, die naar het toilet zijn geweest, bestuderen de sticker van DOOR VRIENDSCHAP STERK op de voordeur. 'Worstelen jullie ook?' vragen ze aan Elvig en Casper.

'Een beetje,' zegt Elvig.

'Doe eens voor dan,' zeggen de broertjes.

Casper en Elvig geven een worsteldemonstratie. Elvig heeft veel van zijn vader geleerd en Casper heeft ook al het een en ander opgestoken.

Ze gaan in de worstelhouding staan, een beetje gebogen, vervaarlijk kijkend, tegenover elkaar.

Hops, daar gooit Elvig Casper over zijn schouder en legt hem in een armklem. Daarna is het Caspers beurt, hij duikt vlug naar Elvigs benen, zodat die omvalt, en zet daarna hard een beenklem aan.

De broertjes kijken vol interesse toe. De andere mensen in de rij ook. Na afloop klapt iedereen.

'Het lidmaatschap kost weinig,' zegt Elvig. 'We hebben gezinskorting.'

'Zijn er ook speciale vrouwenworstelavonden?' vragen een paar sportief uitziende vriendinnen met kort geknipt haar.

'Natuurlijk,' zegt Elvig. Dat verzint hij ter plekke, maar zoals hij later zegt: 'Wat de mensen willen kunnen ze krijgen.'

De dames vragen waar ze zich kunnen inschrijven.

Er komt ook een schoolklas, die de Avondvierdaagse loopt met hun leraar, die vinden de demonstratie zo mooi dat de leraar vraagt of de klas een proefles kan krijgen.

Elvig schrijft het adres op een papiertje. En hij haalt een beker uit de boekenkast waaraan je kunt zien dat de club dit jaar weer landskampioen is geworden. Dat er bijna geen tegenstanders in de competitie waren omdat het worstelen nu eenmaal op zijn gat ligt, vertelt hij niet.

LIEGEN, BIJ DE WILDE BEESTEN AF

Alle deelnemers aan de Avondvierdaagse zijn zo'n beetje bij de finish. Het is schemerig en koel. Casper heeft er zo langzamerhand wel genoeg van. Daar komt Elvigs vader aangelopen. 'Stelletje slimmeriken,' zegt hij als hij de schoenendoos ziet.

Als Elvig vertelt dat ze worsteldemonstraties hebben gegeven en dat er mensen lid willen worden van de club, is hij erg tevreden. Hij moet hoognodig plassen en hij heeft blaren onder zijn voeten.

De jongens vullen een afwasteiltje vol lauwwarm water voor hem, om zijn voeten in te doen.

'Hè, hè, wat heerlijk.' Elvigs vader zit genietend op de bank, de pijpen van zijn trainingsbroek opgestroopt, en laat zijn voeten langzaam in het water zakken. De zool van zijn ene gymschoen laat bij de hiel los en het stiksel bij de neus. Hij snuffelt aan de schoen: 'Je zou toch zweren dat het echt leer was.'

'Je bent er gewoon ingeluisd,' zegt Elvig, 'goedkoop is duurkoop.'

'Nieuwe gympen moet je, u, altijd eerst inlopen,' zegt Casper.

'Jullie hebben helemaal gelijk, wijsneuzen,' zegt Elvigs vader.

De jongens geven hem een stapel van zijn favoriete stripboeken – over een knappe vrouw met lang vlammend haar en gespierde benen, in een klein berenvel, die op een verre planeet met een groot zwaard een barbarenstam afslacht. En ze bakken een ei voor hem. Ze willen allebei het gebakken ei omdraaien en Elvig rukt de steel van de walmende koekenpan uit Caspers hand, maar die laat niet los, het ei valt op de grond. Het eiwit is zwartgeblakerd.

Met over de zwarte gedeelten ketchup en mayonaise en voor de versiering een blaadje sla op de rand van het bord, geven ze het aan Elvigs vader. Ze dragen het bord samen.

'Mama zegt: de verpakking is het halve werk,' zegt Casper.

'Heerlijk,' zegt Elvigs vader. 'Ik word maar verwend. Hier lijkt hier wel een driesterrenrestaurant. Wat een topkoks zijn jullie.'

De jongens gaan naar buiten om de papieren wegwijzers van de bomen en de struiken te halen. Je hoort overal krekels in het lange gras. Het is hier elke dag Computerloze Zondag, denkt Casper, zomaar. Hier, bij het Lawaaihuis, kun je lanterfanten zoveel je wilt.

Mama moet er van alles voor doen. De telefoonstekker moet eruit en haar pyjama moet aan en ze moet op een dure cursus waar ze geen tijd voor heeft, waar ze leert haar benen in haar nek te leggen en langzaam in en uit te ademen.

Casper stelt zich zijn moeder voor die niet loopt te rennen op haar hoge hakken, maar langzaam glijdt en een glanzend, zilveren spoor achterlaat.

'Misschien moet jij binnenkort toch wel naar Wormer. Als je oma uit het ziekenhuis komt. Of je moeder heeft opeens bereik en die komt je halen.'

'Ja,' zegt Casper.

'Maar je gaat niet, toch?'

'Tuurlijk niet,' zegt Casper.

'Echt niet?' vraagt Elvig.

'Nee,' zegt Casper. 'Ik ga gewoon weer in de trein ergens anders naartoe.'

'Dan ga ik ga met je mee,' zegt Elvig. 'Erewoord.'

Ze kletsen hun handpalmen tegen elkaar. Die klap, die voelen ze niet alleen in hun hand maar vooral in hun buik.

Elvig laat zijn stem dalen. 'Ik ga je iets laten zien. Kom,' fluistert hij.

Casper sluipt achter hem aan. Terug, langs het Lawaaihuis. Ze gluren eerst voorzichtig door het raam. Elvigs vader is op de bank in slaap gevallen, zijn voeten in het afwasteiltje. Het stripboek opengeslagen op zijn schoot. Elvigs vader heeft zijn mond open en hij snierkt. Hij heeft geen vullingen, ziet Casper, niet eentje.

Ze sluipen naar de autowerkplaats van de buurman. Langs de grote vechthond, die ligt te slapen met zijn kop midenin de etensbak.

'Ik kan echt autorijden,' zegt Elvig op fluistertoon.

'Ik ook,' fluistert Casper terug. 'Alleen die Amerikaanse slee heeft toch geen wielen en geen motor, die rijdt toch niet echt?' Hij struikelt over een stuk ijzer.

'Stil nou!' Elvig laat van opwinding een knallende wind.

'Ik bedoel dat ik echt kan autorijden, echt rijden, in een echte auto.'

Dikke mensen liegen bij de wilde beesten af, denkt Casper.

Ze sluipen door, tot achter alle carrosserieën en banden en andere ouwe troep, tot achteraan, waar in het maanlicht de cabine van een vrachtauto staat, hoog op zijn wielen.

Elvig gaat op zijn tenen staan en doet de deur open. Ze klimmen erin. Elvig op de grote bestuurdersstoel, achter het grote stuur. Het zwarte leer van de stoelen zit zacht. Ze kijken door de grote voorruit. De ogen van Elvig glinsteren. Hij opent het dashboardkastje en haalt er een sleuteltje uit, stopt dit in het contact en draait het om. Casper klemt zijn handen om de randen van zijn stoel. De motor begint te brommen en de cabine schudt.

Elvig legt zijn hand op de versnellingspook.

'Waar zullen we heen?' grijnst hij. Het is al donker aan het worden, je ziet zo dat je overal heen zou kunnen waar je wilt, naar rechts of naar links, of naar boven en daar waar het water naar de Noordzee stroomt en in de verte de sterrenhemel raakt.

Casper kijkt door het grote voorraam recht in het gezicht van de maan. De maan is vol en lijkt precies op een Chinees. Hij staat zo laag dat je de kraters ziet.

Elvig zet de motor uit. De cabine schokt na.

'Van de buurman geleerd,' zegt Elvig, 'niet tegen mijn vader zeggen, hoor.'

'Vrachtwagenchauffeurs hebben vaak een kentekenbord voor hun raam met de naam van hun vriendin erop,' zegt Elvig.

Casper ziet ze al rijden, Elvig en hem, over de snelweg, de radio aan, zingend, en voor het raam een geel kentekenbord met *Commaldoe*.

De lichten van de afvalverwerkingsfabriek verderop schitteren in het donker, zeker zo mooi als sterren. Casper denkt aan de oranje handen van Commaldoe en ziet opeens wat daarop was getekend, allemaal door elkaar krioelende slakken, in alle soorten en maten.

Er kwaakt een brulkikker, luid en diep. De jongens veren op.

'Ik ben nergens bang voor,' zegt Casper. Het is een donkere avond. Buiten zie je niks, behalve het licht in de lawaaicontainer.

'Ik ben ook nergens bang voor.' Elvig kijkt om zich heen.

'Ik ben niet bang in het donker,' zegt Casper.

'Ik ook niet,' zegt Elvig.

Vlakbij, uit het hoge gras, komt weer het sombere gekwaak van de kikker. Nu van dichterbij.

Het lijkt of er iets omvalt, iets van ijzer.

Casper tuurt gespannen door het raam het donker in. Hij moet plassen.

'Hoorde je dat?' vraagt Elvig met hoge stem.

'Wat?' vraagt Casper. De jongens gluren om zich heen. Hun hart gaat zo hard tekeer in hun borstkas, ze kunnen het gebonk bijna horen.

Als er iemand op het terrein loopt, gaat de hond toch wel blaffen?

Casper krijgt kippenvel. Komt daar weer een geluid van die berg oude auto's? Alsof er een stapel banden omrolt. Bij de buurman gaat het buitenlicht aan. En weer uit.

'Die boef die hier wel eens rondsluipt,' zegt Casper, 'wat wil die eigenlijk?'

'Misschien kunnen we beter weer naar binnen gaan.' Elvig grijpt al naar de kruk van het portier.

'Wat wil die boef dan?' vraagt Casper terwijl ze struikelend door het gras rennen.

Elvig die onder de bramenstruik door schuift zegt iets, het klinkt als 'tantes' en 'zwart' en 'duizend'.

Wat zijn ze blij dat ze weer binnen zijn in de lawaaicontainer. Elvig duwt de buitendeur stevig in het slot.

Casper gluurt door de witte gordijnen naar het huis van de buurman. Daar is het licht uit en er is geen beweging te zien. En niets te horen.

'Waar zijn dan die duizend zwarte tantes?' vraagt Casper, 'die de boef wil stelen van de buurman. Die passen toch nooit in die container?'

Elvig die op de bank ligt kijkt hem verbaasd aan.

'Zwart geld! Duizenden! Contanten!'

Elvigs vader roept: 'Casper, je moeder heeft gebeld uit de Pyreneeën, ze belt morgenochtend vroeg terug. Als het lukt. De verbinding was nogal slecht. Ze zitten hoog in de sneeuw en ze kan niet eentweedrie naar huis komen. Ze was erg in paniek door het verhaal maar ik heb haar een beetje gerust weten te stellen, geloof ik. Ze klonk als een erg aardige mevrouw. Volgens mij hebt jij een hele lieve moeder.'

Elvigs vader traint met gewichtjes. Om beurten stoot hij ze omhoog. Hij maakt bij elke stoot geluid: 'Eu! Eu! Eu! Eu!'

Casper doet het geluid na. Hij zegt: 'Valt wel mee. Zo aardig is ze ook weer niet.'

'Precies,' zegt Elvig.

'Hoe weet jij dat nou? Eu! Eu!' zegt Elvigs vader tussen twee stoten door.

HALLO? HALLO?
STORING!

Casper wordt wakker als buiten nog geen vogel te horen is. Maar het is ochtend, dus zijn moeder belt zo. Casper wacht aan de keukentafel. Hij zet het telefoontoestel vlak voor zich neer.

Het duurt lang. Misschien is de telefoon stuk. Casper neemt de hoorn van de haak om te horen of er een zoemtoon is. Hij rammelt met het toestel. Houdt het op zijn kop. Trekt de stekker eruit en doet die er weer in. Luistert of de zoemtoon de goeie zoemtoon is, en niet de zoemtoon van een toestel dat stuk is.

Hij zet het toestel dichterbij. Kijkt op de keukenklok. Al bijna halfzes. Hij drukt de steuntjes waar de hoorn op rust omlaag. Luistert weer naar de toon. Hij doet dat kort, want als zijn moeder net op dat moment belt, denkt zij dat de telefoon in het Lawaaihuis in gesprek is.

Hij haalt de knopen uit het kringelsnoer.

Hij kijkt of de gaatjes in het luisterdeel van de hoorn verstopt zijn met oorsmeer. Er zit een beetje. Dat peutert hij eruit met een lucifer.

Als ze belooft dat ze gaat bellen dan moet ze dat wel doen. Hagelstorm of geen hagelstorm.

De wekker van Elvigs vader gaat, hij rekt zich uit op de slaapbank.

'Hé Cas,' gaapt hij, 'jij bent vroeg, jongen.' Hij krabt aan zijn bloemkooloren en loopt naar de wc.

Ook Elvig wordt wakker.

Ze ontbijten met pap gemaakt van melk en iets uit een pak dat Elvig niet lust.

'Het is gezond,' zegt Elvigs vader, 'gemaakt van gare havervlokken.'

'Je bent zelf een gare havervlok,' Elvig prakt met zijn lepel door de stijf geworden pap.

'Je eet het gewoon op!' Elvigs vader dreigt met een wijsvinger. Er zit melk op zijn bovenlip. Moeders hebben net als vaders een snor. Je ziet het meestal niet, de haartjes zijn heel dun. Bij zijn moeder bestudeert hij die soms als ze ligt te slapen. Maar je mag niet zeggen: 'Mam, je hebt een snor,' dan wordt ze woest. Net als Elvig wanneer je zegt dat hij dik is.

Elvigs vader neemt een lepel pap. Casper kijkt naar zijn handen. De handen van een vader zijn groter dan die van een moeder. Vaders ruiken ook anders, meer naar zweet. En de benen van zijn moeder zijn veel mooier en zachter. Daar staat hij graag tegenaan.

Vaders en moeders zeuren allebei graag. Je zou denken dat ze niks te doen hebben, zoveel tijd besteden ze aan gezeur.

Mama belt om vijf over halfnegen.

'Wat bel je laat,' zegt Casper, 'ik dacht dat je vroeg in de ochtend zou bellen.'

Caspers moeder begint over hoe ongerust, hoe hij het in zijn hoofd, dat opa en oma toch lief, dat hij dat echt nooit meer, of er zwaait, weet hij wel wat er had kunnen, dat ze zo geschrokken, wie weet wat er had... Het gaat maar door en door. Casper kan er niet naar luisteren, het is net zo saai en langdradig als het journaal.

Het laatste hoort hij wel. Ze zegt: 'Je gaat naar opa. Ik heb gisteren met mijnheer Witteveen gesproken. Ik kom zo snel mogelijk terug en haal je op. Geen discussie. Hoor je, Casper? Casper, hoor je me?'

'Er is iets met de verbinding,' zegt Casper, 'ik hoor je niet, mama, ben je daar nog? Hallo? Hallo? Wat zeg je?'

'Casper! Ik zeg dat je zo snel als mijnheer Witteveen tijd heeft naar opa…'

'Ik denk dat het storing is,' zegt Casper, 'door de ijle lucht in de bergen, ik hoor helemaal niks.' En dan hangt hij gewoon op. Dat gaat hij natuurlijk helemaal niet doen, naar opa. Echt niet. En wat heeft die Witteveen er trouwens mee te maken, die kent hij niet eens.

Casper krijgt geen hap door zijn keel. Hij roert in de koud geworden stijve pap.

'Casper,' zegt Elvigs vader, 'ik heb een mededeling voor je.'

'Zeker dat ik naar Wormer gebracht wordt door die stomme Witte Veen,' zegt Casper. 'Waar bemoeit die zich trouwens mee, die ken ik niet eens!'

'Witteveen, dat ben ik,' zegt Elvigs vader, 'zo heet ik, Witteveen.'

Daar heeft Casper nog nooit over nagedacht, dat Elvigs vader ook een naam heeft. Wel een rare naam, Witte Veen. Maar er zijn ook Indianen die Woeste Buffel heten of Zwarte Beer. En schemerlampen die Ons Licht heten.

Het is vast verkeerd opgeschreven door de man achter het loket die de namen van de baby's opschrijft, net als bij Elvig. Hij heet natuurlijk Witte Teen.

'Maar ik wil niet, Witte Teen,' zegt Casper.

'Dus hij gaat niet naar zijn opa,' vult Elvig aan, zijn lepel als een wapen in zijn vuist geklemd.

Elvigs vader kijkt de jongens aan en zucht.

'Ik vind het ook jammer, jongens. Hartstikke jammer. Maar als Jansje dat zo wil, dan gaat het zo. Jansje is de baas.'

'Wie is nou weer Jansje?' vraagt Elvig. 'En waarom zou die opeens de baas zijn?'

'Dat is Caspers moeder. Jansje-Marije. Hele aardige mevrouw. Blauwe ogen, lang blond haar tot over haar schouders. We konden wel leuk met elkaar overweg aan de telefoon. Lieve stem, lief karakter.'

'Dat valt ook wel weer mee,' zegt Casper.

'Hoe weet hij nou hoe jouw moeder eruitziet,' zegt Elvig, 'kan je door de hoorn van de telefoon heenkijken, of zo?'

Witte Teen lijkt hem niet te horen want hij geeft geen antwoord maar pakt een handdoek uit de kast, starend naar een mooie en lieve mevrouw in een leuke knalrode hippe, klimoutfit met capuchon, die naar hem lacht en wuift via bluetooth aan de andere kant van de telefoonlijn.

Elvig kijkt Casper aan en tikt op zijn voorhoofd.

Witte Teen doet nog een set diepe squats en gaat douchen. Ze horen hem in de kamer fluiten.

117

Als Elvigs vader bij de deur staat en naar de markt wil gaan, zegt hij: 'Jongens, brengen jullie vandaag eindelijk de oude kranten weg?'

'Als we tijd hebben,' zegt Elvig.

'Jullie maken gewoon tijd!' waarschuwt Elvigs vader. 'Jouw mooie vakantieboek ligt er trouwens ook bij, kijk uit dat je dat niet per ongeluk weggooit.'

Dan gaat de mobiel van Elvigs vader. Oma. Ze praat zo luid dat Casper haar kan horen schetteren.

'Ja,' zegt Elvigs vader, 'ik begrijp het… Maar u moet ook begrijpen… Ik heb aan Jansje beloofd… Ja, ja… Ik sta een beetje met mijn rug tegen de… Ja. Hier heeft u Casper.' Hij maakt een hulpeloos gebaar en geeft het mobieltje aan Casper.

Oma praat hard in Caspers oor, hij houdt het mobieltje een stuk van zijn hoofd.

'Jij gaat dus vanmiddag in geen geval naar Wormer. Ik wil het niet hebben. Opa in zijn eentje met jou, dat wordt…'

'Een cha-os,' zegt Casper. Maar ze lijkt het niet te horen. Ze praat aan een stuk door. Gelukkig kunnen haar spuugspetters niet door de telefoon.

'Dat heeft je moeder niet zomaar te beslissen. Ik ben er ook nog. Het moet niet gekker worden. En ze kan toch niets doen. Die blijft nog wel een paar dagen in de Pyreneeën. Ik heb de site van het Hollands Dagblad gelezen. Het is daar noodweer.'

Oma laat haar stem dalen. Ze fluistert bijna.

'Je moet maar niet laten merken dat ik dit heb gevraagd, Casper,' begint ze, 'maar de vader van je vriendje drinkt niet veel biertjes toch?' Vooral het woord 'biertjes' spreekt zo zacht uit, dat Casper het meer raadt dan hoort. 'Niet dat ik mij zorgen maak, ik heb overal nagevraagd en gegoogeld en gedaan. Maar voor de zekerheid.'

'Melk,' zegt Casper luid en duidelijk, 'hij drinkt halfvolle melk. En soms thee, sterke thee zonder suiker. Hij zegt, sterke mannen drinken sterke thee. Als hij haast heeft doet hij er koud water bij.'

'Eeeh,' oma aarzelt, 'ja, dat begrijp ik. Dat drinkt hij zeker 's ochtends bij het ontbijt. En verder?' Wat klinkt die stem van oma slijmerig en liegbeestachtig.

'Niks,' zegt Casper, 'verder niks. Dan lust hij niks meer, dan zit hij vol.'

Oma wil duidelijk iets zeggen maar weet niet zo goed wat.

Casper weet het wel, wat ze eigenlijk wil vragen. Dat snapt hij heus wel. Maar ik zeg niks, denkt hij, lekker voor je. Met je lelijke hangwrat. Elvigs vader staat met zijn leren jack aan in de deuropening.

'Ik weet ook niet wat ik moet doen,' zegt hij. 'In ieder geval moet ik nu gewoon echt, dringend…'

'Je moet alleen maar doen waar je zelf zin in hebt,' zegt Elvig, die een hap klonterige pap probeert weg te krijgen.

'Ik ga ophangen,' zegt Casper.

KATSPER

Elvig en Casper zitten in de bus op weg naar het ziekenhuis om een bezoekje aan Oma te brengen. De chauffeur draait aan het grote stuur en de bus trekt op.

Ze zijn de enige passagiers. De jongens bengelen aan de lussen boven het gangpad. Elvigs vader heeft geld meegegeven om een bosje bloemen voor oma te kopen.

De bus gaat de bocht door en de jongens bungelen naar opzij.

'Je oma moet een kat kopen. Dan zijn ze niet zo alleen als jij in de vakanties niet meer komt.'

Daar denkt Casper over na. Een kat. Dat is wel iets voor opa en oma. Katten zijn ook dol op de hele dag dutjes doen. En dan kan oma googelen waar je goedkoop kattengrit en brokjes haalt.

Elvig rinkelt met de euro's in zijn broekzak.

'We kunnen beter kattenvoer halen in plaats van bloemen,' zegt hij.

De Bus Brengt Je Overal!, Koop deze maand een OV-Chipkaart met korting! staat op een affiche op de wand achter de stoel van de chauffeur.

'Korting! Mooi!' zegt Elvig. 'Waarom ga jij eigenlijk nooit met de bus?'

'Omdat mijn moeder haar werkschema zoveel mogelijk afgestemd heeft op mijn rooster.'

'Wat?' zegt Elvig.

'Mijn moeder brengt mij altijd naar school.'

'Net zei je heel wat anders.' Elvig geeft hem een schop. Maar niet hard. 'Ik ga altijd met de fiets naar school. Als het echt slecht weer is met de bus. Mijn vader heeft geen tijd om mij te brengen.' Hij probeert Casper nog een schop te geven. 'Jij mag natuurlijk niet alleen met de bus omdat je veel te klein bent. Kleine Casper Puistekop.' Hij begint te zingen, 'kleine Casper Puistekop, kleine Casper Puistekop...'

Casper maait met zijn been in de richting van Elvig. 'Ik mag heus wel alleen. Dikke. Ik mag alles.'

'Echt niet,' zegt Elvig. 'Jij mag niks. Puistekop.'

'Wel,' zegt Casper en hij schopt en slaat naar Elvig maar die draait behendig weg.

'Spekzak,' zegt Casper,

'Met je lelijke grote negerneus,' zegt Elvig. Het gekke is, ze worden niet kwaad op elkaar want als zij dat soort dingen tegen elkaar zeggen, klinkt het niet als schelden.

De buschauffeur roept door zijn microfoon dat ze bij de juiste halte zijn.

Casper kijkt bij het uitstappen nog eens naar de affiche. 'Ik kan van mijn geld zo'n buskaart kopen.'

Elvig zegt: 'We kunnen het ook de bank zetten.'

'Maar dan is het weg,' zei Casper.

'Dan is het op de bank,' zegt Elvig. 'Dan krijgen we een afschrift. Dat is een papiertje waarop staat hoeveel het is.'

'Wat denk jij, brengt die bus je echt overal?' vraagt Casper.

'Zou heel goed kunnen,' Elvig kijkt de bus na. 'Die buschauffeur lijkt mij niet iemand die keihard in je gezicht liegt.'

'Nee, wij verkopen geen kattenvoer,' zegt het meisje van het ziekenhuiswinkeltje in de hal. De jongens besluiten tot het kopen van verpakte borrelworstjes. 'Die lusten katten ook wel,' zegt Elvig.

Oma ligt te kletsen met de breiende vrouw in het bed naast haar. Opa heeft haar laptop meegenomen in zijn fietstas, maar is vergeten de adaptor erbij te doen.

Casper geeft oma een zoen op de wang zonder wrat. Elvig gooit de worstjes op het bed.

'Wat apart,' zegt oma. 'Wat een origineel cadeautje. Dat is nog eens iets anders dan bloemen.'

'Voor als u een kat wilt kopen,' zegt Elvig.

'Dat ben ik helemaal niet van plan,' zegt Oma. 'Een kat, hoe kom je erbij?'

Ze pakt de worstjes op en legt ze op haar nachtkastje. Casper kijkt naar oma's gerimpelde handen. Op haar armen, die uit de mouwen van haar gebloemde nachthemd komen, zitten lichtbruine vlekken. Haar bovenarmen zijn slap. Dat is waar mama bang voor is en waarom ze elke ochtend oefeningen doet.

Casper raakt voorzichtig een lichtbruine vlek op oma's hand aan. 'Oma, zijn dit beurse plekken?'

'Ik hoop van niet,' zegt oma.

'Als je beurs bent, ga je rotten en dan verdwijn je,' zegt Casper. 'Net als een klokhuis.'

'Weet je geen leuker onderwerp, je bent op ziekenbezoek,' zegt oma.

'Die kat is voor als u een beetje eenzaam bent,' zegt Elvig. 'Stel nou dat Casper in een volgende vakantie niet bij u komt. Maar bijvoorbeeld bij mij komt logeren. Dan heeft u toch gezelschap.'

Oma trekt Casper naar zich toe en kijkt hem onderzoekend aan. 'Jij vindt het wel gezellig hè, bij de familie Witteveen? Leuker zeker dan bij die suffe ouwe mensen. Een oma, die alles maar gevaarlijk vindt en een opa die altijd maar in de krant zit te lezen.'

'Ja,' zegt Elvig, 'dat vindt hij.'

'Blijf jij nog maar lekker bij Elvig. Je moeder zit nog wel even vast zag ik toen ik vanmiddag op de internetzaal was. Zware regen- en hagelbuien. Rivieren treden buiten hun oevers. Dat krijg je ervan, omdat ze zoveel skipistes aanleggen gaat de bodem glijden. Snap je?'

'Ja,' zegt Casper die er niets van begrijpt.

'Con-sumptie-drift. Dat keert zich tegen ons.' Ze scheurt de verpakking van de worstjes open. 'We hebben toch nog geen kat dus die eten we maar zelf op.'

'Ik weet al een goeie naam,' zegt Elvig. 'U kunt uw kat bijvoorbeeld "Katsper" noemen.'

'Of Com-sum-sie-drift,' zegt Casper.

'Katsper Consumptiedrift,' zegt Elvig.

De jongens eten hun worstjes, drinken alle sinaasappelsap op die oma in haar kast heeft en kijken naar de televisie.

'Je woont allang alleen met je vader, hè, Elvig?' vraagt oma. Casper ziet aan haar ogen dat ze dolgraag wil weten hoe het precies zit. Opa zegt dat oma zich het liefst overal mee bemoeit en overal haar neus insteekt. Net als een tover-kol, zegt opa. Maar hij zegt het altijd lief en hij pakt vaak even haar hand.

'Mijn moeder is overleden,' zegt Elvig, 'maar je hoeft echt niet te denken dat ik zielig ben.'

'Dat denk ik helemaal niet,' zegt oma gehaast. 'Maar als je wilt kun je in de vakantie samen met Casper ook wel een keer bij ons in Wormer komen logeren.'

'Dat hoeft niet,' zegt Elvig.

'Maar het mag wel,' zegt oma. 'We hebben een leuke bowlingbaan dichtbij.'

'Ik zie nog wel. Misschien.' Elvig zegt dat ze moeten vertrekken omdat anders hun afgestempelde zones niet meer geldig zijn.

Maar eerst gaan ze in de lift op en neer, ook in de lift waarop staat: 'Alleen personeel.' Als ze uitstappen, een verdieping onder de begane grond, zien ze een bordje waarop staat MORTUARIUM.

'Daar bewaren ze lijken,' zegt Elvig.

Ze griezelen ervan en blijven naar het bordje kijken. De letters kijken zwart en streng terug.

'Als oma dood was gevallen op het perron, dan lag ze daar nu.'

'En mijn moeder. Die lag er ook,' zegt Elvig. Een

verpleegster duwt een stukje verderop een leeg bed door de klapdeuren. Ze horen zacht de wieltjes over het zeil rollen. Het klinkt alsof ze iets fluisteren, iets wat je pas verstaat als je groter bent.

'Waar is je moeder nu?' vraagt Casper.

'Op Santa Barbara, het kerkhof. Op een heel mooi plekje. In de schaduw. Ze kon nooit goed tegen felle zon, zegt mijn vader.'

'Ik kan gelukkig wel goed tegen felle zon,' zegt Casper.

Hun stemmen klinken hol beneden in de lange gang. Het zeil op de vloer is geboend, dat ruik je, maar toch is het dof.

Casper kijkt naar de armen van Elvig. Er zitten een paar rode puntjes, uitslag. Casper is blij dat hij zelf niet wit is. Zijn moeder bijt hem als ze hem naar bed brengt soms in zijn nek en zegt: 'Casper Pluizebol, je bent net een mokkataartje.'

Hij denkt aan zijn moeder, hoog in de bergen in een hagelstorm. En aan Elvigs moeder, stil in een kist, diep in de grond.

Hij kijkt naar Elvig, Het is fijn, zo'n sterke vriend die goed kan vechten. Elvig schuifelt met zijn voeten. Casper voelt zichzelf ook een beetje hol worden. En koud. Hij stoot Elvig aan en rent weg, weg van die enge letters, terug, naar de liften, omhoog.

HÉ DIKKE,
WAT DOE JIJ DAAR!

Elvigs vader stapt in de auto om de andere worstelaars op te gaan halen voor de tweede avond van de Vierdaagse. Voordat hij het portier dichttrekt waarschuwt hij nog een keer: 'Dus Elvig, niet meteen zodra ik mijn hielen heb gelicht het dak opklimmen om te kijken of je ons ziet lopen. Afgesproken? Want daar kan het dak niet tegen, dat weet je.'

Als hij van het terrein afrijdt, steekt hij zijn hoofd uit het raampje. 'Afgesproken?'

Elvig steekt zijn tong uit maar zo dat zijn vader het niet ziet.

Ze sjouwen de keukentrap naar buiten. Elvig klimt als eerste naar boven, het trappetje staat wankel.

'Kun je de Pyreneeën zien?'

'Ik weet niet,' zegt Elvig, 'nooit zo op gelet. Misschien.'

Elvig laat zien hoe hij zich aan de ijzeren dakrand op kan trekken. Zijn gezicht is rood van inspanning. 'Krijg je triceps van.'

Casper hoeft geen triceps. Hij heeft al mooie krullen. Een grote bos die hij lekker niet kamt.

'Hoe vind je ze?' Elvig stroopt de mouw van zijn gestreepte T-shirtje hoog op en laat zijn bovenarm zien waar een spier opbolt.

Casper stelt zich voor dat hij kan vliegen, hij spreidt zijn armen en vliegt, zo van het huisje af. Naar Verdorie, of nog veel verder.

Ze zien in de verte de stoet wandelaars en het Noordzeekanaal, dat schittert in zon.

Het platte dak is warm.

Je kan ver kijken. Daar, daar is Wormer, waar opa en oma wonen, en daar is de grote stad.

'Ik kan vormen in de wolken zien,' zegt Casper.

'Een konijn met drie oren, en daar een...'

'Wacht niet zo snel,' roept Elvig.

'Een duikboot...'

Elvig zegt: 'Ik zie er geen moer van maar je doet het wel erg goed.'

Casper is zo blij met het compliment, dat hij ook dingen noemt die hij helemaal niet in de wolken ziet maar die leuk zijn voor Elvig om te horen..

'Kijk daar, rovers die een bank gaan overvallen...'

Elvig tuurt omhoog: 'Ik wou dat ik dat allemaal zag.'

Daarna doen de jongens handstand op het dak. Ze houden om beurten elkaars benen vast, zodat ze niet om kunnen vallen.

Elvig stelt voor om op het terrein van de buurman naar drollen van de waakhond te zoeken om te zien of ze daar ook figuren in kunnen zien. Ze klimmen van het dak af.

Ze struinen door het lange gras op zoek naar drollen, keihard en donkerbruin of nog vers en zacht.

Als Elvigs vader die avond thuiskomt haalt hij een

grote kartonnen doos uit de auto. De trap staat nog tegen de zijwand van het Lawaaihuis, maar die ziet hij gelukkig niet.

'Wat heb je?'' vraagt Elvig, 'wat zit erin?' Hij hangt aan de arm van zijn vader om in de doos te kijken.

'Werk aan de winkel. Binnenkort is toch het zomertoernooi? Dit zijn de posters, die mogen jullie in de buurt gaan plakken.' Hij houdt een poster omhoog.

Op de poster staat hetzelfde plaatje als op de sticker op de deur, twee worstelaars klaar om elkaar te lijf te gaan. Ze zijn allebei lang en mager, terwijl Elvigs vader heel stevig is.

'De vrouw van de voorzitter van de club heeft deze poster ooit ontworpen. Ik stond model. Je ziet welke ik ben, toch? Dit was ik, toen ik nog geen twintig was. Knappe gozer, niet?'

De jongens kijken elkaar aan.

'Heel mooi,' zegt Elvig.

ZOMERWORSTELTOERNOOI staat erboven in grote letters, en onderaan de entreeprijs en de plaats waar het wordt gehouden: op de worstelclub.

Met de doos posters in zijn handen zegt hij opeens: 'Wat moet ik nou, jongens? Caspers moeder wil dat Casper naar Wormer gaat, maar zijn oma wil dat hij bij ons blijft.'

'Simpel, hij blijft bij ons, natuurlijk,' zegt Elvig,

'U heeft toch nummerherkenning,' zegt Casper, 'dan moet u gewoon niet opnemen als ze bellen.'

Daar gaan ze op weg naar Nieuw-West, een grauwe wijk met veel flats en huizen van vier verdiepingen. Het is tegen elven en het begint net te schemeren. Wildplakken, dat is verboden. Ze moeten goed oppassen dat de politie ze niet ziet.

Casper zit achterin het wiebelende houten kistje. Hij heeft een schoudertas met daarin een stapel posters, en tussen zijn benen een emmer vol behangerslijm en twee kwasten.

Voordat ze het hobbelige veld af zijn is er al flink wat van de slijmerige lijm over de rand van de emmer op de broek van Casper geklotst.

Wanneer ze onderweg langs een kleine, dure bungalowwijk fietsen besluit Elvig eerst daar op iedere garagedeur een poster te plakken. Elk huis heeft een grote voortuin, met keurig gemaaid gras, en een garage. 'Dus die mensen hebben geld, en geld is wat de worstelclub nodig heeft,' zegt hij.

Elk jaar plakt Elvig posters, maar het toernooi trekt nooit veel publiek. Worstelen is niet populair, omdat het niet op televisie is, zegt Elvigs vader.

De fiets zetten ze tegen een elektriciteitshuisje. Dan kijken ze of er, vanachter de gordijnen, niet naar hen wordt gegluurd.

Casper en Elvig sluipen door een tuin met hoge dennenbomen en een marmeren fontein. In het gras staat een sproei-installatie. Casper drukt de poster tegen garagedeur en Elvig gaat er met de kwast vol lijm overheen.

'Hier wonen allemaal kakkers,' fluistert Elvig.

'Wat zijn dat?' vraagt Casper.

'Van die arrogante rijke kwasten.'

Ze plakken de buurt vol en houden goed in de gaten dat er geen politieauto's voorbijkomen.

Een keer zien ze er een, hij rijdt langzaam door de straat. Snel gaan ze onder een struik liggen, op de zwarte aarde, vol steentjes en lege slakkenhuizen. De agent achter het stuur spiedt door de voorruit en praat door een mobilofoon.

Casper kijkt vanuit zijn schuilplek bij de villa naar binnen. Op een grote bank zitten een man en een vrouw. Ze hebben een glas in hun hand en kijken naar een meisje dat speelt op een grote viool die rechtop staat. Je kunt niet horen wat ze speelt. Het meisje staat op en pakt het muziekboek uit de standaard.

'Mijn vader zegt dat agenten vroeger het braafste jongetje van de klas waren,' zegt Elvig, 'hij zegt dat hij denkt dat ik later zeker geen politieagent word.'

'Wat dan?' vraagt Casper.

'Marktmeester,' zegt Elvig, 'en in ieder geval rijk. Ik ga een klapper maken. Een grote klapper. Hoe, zie ik dan wel weer. En jij?'

'Ik ga slakken bestuderen.' Het schiet Casper zomaar te binnen, nu hij zo voor zich een mooi glanzend zwartgeel slakkenhuis ziet liggen. Een slak is altijd thuis en hij heeft nooit haast.

'Grapjas,' Elvis gelooft er niets van. 'Daar verdien je niks mee, dat kan ik je nu al vertellen.'

'Ik hoef niets te verdienen, want ik trouw met een

hele rijke prinses, ze heeft zwarte en oranje vlechtjes, ze komt uit het koninkrijk Verdorie en ze heet Commaldoe.'

Hoewel, Commaldoe lijkt niet op een prinses, met die grote laarzen en die kapotte panty. Meer op een generaal. Dan trouwt hij met de generaal van Verdorie. 'Ze haalt mij elke dag op in haar tank van mijn werk in het slakkenlaboratorium,' voegt hij eraan toe.

Elvigs buik schudt van het lachen.

De avondlucht is zacht, de emmer lijm al halfleeg, en de jongens cruisen op hun gemak door de brede lanen van de villawijk. Het is hier net zo lekker rustig als in de buurt van het Lawaaihuis. Alleen hier is het gras gemaaid, en de struiken zijn gesnoeid, denkt Casper. En bij Elvigs huis staan kapotte auto's en hier grote, nieuwe landrovers.

Elvig neuriet een liedje, vals. Casper tikt de maat met zijn kwast. Elvig en ik, wij zijn goed bezig, denkt Casper. En ze plakken op lantaarnpalen, op garagedeuren, op de deur van de kerk, op elektricitcitshuisjes, op de achterbak van een Hummer, op een bakfiets. Zelfs bij iemand op het raam.

Verderop zien ze een school waarvan ze de muren nog kunnen volplakken. Op het pleintje ervoor voetballen een paar jongens. Elvig zet de fiets op de standaard.

'Hé, dikke! Wat doe je daar!' roept een jongen met een lichtroze poloshirtje aan.

'Het is die bolle met die asovader, die in die container woont!' roept een andere, magere jongen met een

131

scheiding in zijn haar, ook met een poloshirtje aan, een donkerblauwe met het kraagje omhoog. Ze hebben een vreemd accent, vindt Casper, alsof iemand hun keel dichtknijpt.

'Hé, daar!' roept die laatste, 'jullie hebben hier niets te zoeken. Dit is ons terrein, dat zie je toch?' Ze zijn gestopt met voetballen, hij houdt de bal in zijn handen.

'Kom, we gaan,' zegt Casper.

'Niks ervan,' zegt Elvig. Hij loopt naar de zijmuur van de school.

'Nou, wat zei ik, ben je doof? Weg nu, en snel een beetje!' roept de lichtroze polo. 'Of moet je soms een bats?' Hij houdt een vuist omhoog.

Casper staat nog bij de fiets. De posttas met posters om zijn schouder, de emmer lijm in zijn hand.

'Kom dan plakken, schiet op nou,' zegt Elvig.

Casper aarzelt. De jongen met de blauwe polo mikt en gooit de bal keihard in Caspers maag, Casper slaat dubbel en laat de emmer uit zijn handen vallen. Posters glijden uit de posttas.

Bij Casper springen de tranen in zijn ogen, van schrik, van boosheid en van pijn. En Elvig? Die gaat te keer, alsof hij in zijn eentje een heel Romeins leger is, zonder aarzelen rent hij op de jongens af en begint me daar toch te worstelen en te duwen en te schoppen. Dit is een vechtsport die je niet op een club kan leren. De jongen met de scheiding trekt hij hard aan zijn haar. Die rent het eerst weg.

De jongen met de roze polo raapt een tak van de

grond en probeert Elvig daarmee op een afstand te houden. Nou, dat had hij gedacht! Elvig is niet bang – of hij is wel bang maar hij laat het niet merken – hij ziet er net zo razend uit als die stier, de aderen kloppen in zijn hals, en met een, twee snelle bewegingen heeft hij de jongen de stok afhandig gemaakt, en die smeert hem ook vlug, achter de andere aan. De bal laten ze op het plein achter.

Ook de omgevallen emmer blijft achter. Zonde, denkt, Casper dat is nou eeuwig zonde van die goeie behangerslijm.

Elvig fietst de wijk uit, hij trapt hard door, links-rechts, zijn flinke billen schuren voor het zadel langs. Elvigs vader heeft vanavond nog geprobeerd het zadel lager te zetten, maar het zit zo vastgeroest dat het niet lukte.

Die billen zijn net de muur van een fort, denkt Casper, en ik zit er veilig achter.

Bij een snackbarretje gaat Elvig naar binnen. Hij vraagt of Casper ook iets wil, maar die schudt van nee.

Casper wacht op de stoep. Hij kijkt naar de donkere nachtlucht boven hem. Het lijkt wel een koepel waar ze onder zitten, alle bewoners van de hele wereld, de leuke en de stomme. Vroeger geloofden de mensen dat de aarde plat was, vertelde opa een keer. Dat was beter geweest. Dan kon je kakkers, hupsakee, over de rand duwen. En als ze proberen zich nog vast te grijpen met hun vingers, dan moet je erop stampen zodat ze los laten. Hier en daar is een ster te zien.

Elvig komt terug met een grote bak patat. Hij kauwt alsof hij die friet wil vermoorden.

'Lul-de-behangers,' zegt hij.

Casper vraagt zich af wat erger is, uitgescholden worden omdat je dik bent of een moeder die je niet mee wil nemen naar de Pyreneeën.

Elvig houdt hem het plastic bakje voor. Casper heeft geen honger maar uit beleefdheid neemt hij toch.

'Wonen jullie allang in het Lawaaihuis?'

'Al vanaf toen ik heel klein was, een baby nog. Toen was mijn vader zo verdrietig dat hij heel hard ging schreeuwen, veel bier drinken, de hele dag zo'n beetje, en toen verzamelden de buren handtekeningen en verhuisden we naar het Lawaaihuis.'

Hij staat op en mikt het lege patatbakje in een keer in de prullenbak.

'Mijn vader zegt dat ik me mijn moeder niet kan herinneren.'

'Maar het kan wel,' zegt Casper.

'Ja,' zegt Elvig. 'Ja, toch?'

Casper kijkt in de grote donkerbruine ogen van Elvig, precies dezelfde ogen als de vrouw op de foto.

Hij ziet het voor zich, hoe Elvigs moeder daar voor het raam staat, in het donker, met haar korte bontjas van konijnenbont aan, Elvig als baby op haar arm.

'Vind je het zielig voor je moeder dat ze dood is?' In de lege snackbar speelt de eigenaar op de gokkast.

'Wat denk je zelf, wat zou je zelf vinden als je eigen moeder dood was? Wat een stomme vraag.' Elvig schopt naar een duif.

Zielig is geen goed woord, denkt Casper. Bij iemand als Elvig moet je iets anders vragen. Met andere woorden. Iets van 'vind je het zakkenlul-de-maleier dat je moeder dood is?'

Hij wil dat gaan proberen, als Elvig zegt: 'Maar er zijn heus wel ergere dingen op de wereld.' Dezelfde duif wil weer in een paar platgetrapte frietjes pikken en Elvig schopt nog een keer. De vogel ontwijkt wild fladderend zijn voet.

'Die pannenkoeken van net, die moeten uitkijken, die pak ik nog wel een keer.'

'Wat bedoelden ze eigenlijk, met "moet je een bats". Wat is dat, een bats. Ze kunnen nog niet eens normaal Nederlands praten.'

'Kom, we gaan naar huis, morgen verder!'

Bij de buurman en zijn bergen zwart geld is het licht uit.

Casper denkt aan zijn moeder, hoe zij kan toveren met een dekbedhoes. Misschien kan ze die potten pindakaas gewoon in de boodschappentassen van de Chinezen goochelen. Kopen gaan ze die niet. Dat weet hij wel zeker.

'En, hoe ging het?' vraagt Elvigs vader die de deur van de container voor ze opent. De wit kanten gordijntjes voor de ramen zijn gewassen. Er staat een vaas met margrieten in de vensterbank

'Goed,' zegt Elvig. Ze vertellen niets over het vechten.

'Hebben jullie ze hierachter in de villawijk geplakt?

135

Dat is niet echt worstelpubliek, denk ik, die houden meer van roeien en polo.'

'Het wordt vast volle bak.' Elvig ploft op de bank.

'Als we nou eens op Studio Sport kwamen,' zegt Elvigs vader, 'dan trokken we misschien eens volle zalen.' Hij hangt zijn gewassen overhemden op hangertjes in de kast.

'Jansje en ik hebben elkaar vanavond weer even gesproken. Ze kunnen daar de hut nog niet uit.' Hij knoopt de kraag van een hemd zorgvuldig dicht. 'We leren elkaar steeds beter kennen,' zegt hij.

OP HET DAK

Casper en Elvig liggen op het dak van de container, hun voeten steken net over de rand.

'Hoe lang denk je dat een slak over de Avondvierdaagse doet?' vraagt Casper.

'Zijn hele leven. Maar als hij slim is, gaat hij bij iemand in zijn neusgaten zitten.' Met zijn handen onder zijn hoofd bekijkt Elvig Caspers gezicht. 'Bij iemand die grote neusgaten heeft.' Hij moet zo hard lachen dat hij op zijn rug rolt.

Of hij gaat tussen jouw vetrollen zitten, denkt Casper. Pas maar op dikke walvis, of je rolt nog van het dak.

'Vandaag is de laatste avond van de Vierdaagse,' zegt Casper. 'Dan moeten we je vader opwachten met een bos bloemen.'

'Binnenhalen, heet dat,' zegt Elvig. 'Opwachten is als je van plan bent iemand in elkaar te gaan slaan. Die gozer die ik die hersenschudding heb gegeven, die heb ik opgewacht. Ik wist dat hij drie keer per week naar pianoles ging, dus toen ben ik gewoon achter een glasbak gaan liggen en heb ik hem van zijn fiets gerukt. In een keer. Toen knalde hij met zijn kop, zo boem, tegen die ijzeren bak; hersenschudding. Maar hij stribbelde eerst nog best wel tegen en ik viel en zo heb ik deze tand gebroken.' Hij doet zijn mond wijd open en pakt de voortand waar een barst in zit en een stukje af is, met zijn vingers vast.

Elvigs korte stekelhaar glanst in het zonlicht. Dat van Casper klit aan elkaar want haren kammen doet hij niet.

Elvig drukt zijn vingertoppen tegen zijn pols. 'Als je dit doet,' zegt hij, 'voel je je hart kloppen in je bloed.'

Casper probeert het ook. En ja, met tussenpozen van ongeveer een seconde, bonst het bloed zachtjes door de ader.

'Zo kun je voelen of iemand nog leeft,' zegt Elvig. Ze voelen het bonzen in elkaar pols. Ons bloed klopt de maat, denkt Casper. Als Elvig en ik over het Stationsplein fietsen om kroketten te halen. En nu we op het dak van de lawaaicontainer staan. Als de beat bij mama's bodypump.

In het Noordzeekanaal varen een dieplader en een pitbull. Bull-carrier, verbetert Casper zichzelf. Zo heet die hele grote. Een dieplader vaart alleen maar op binnenwater maar die grote, die gaat de wereld rond, zegt Elvig, naar alle landen. 'Soms zit er weleens iemand in verstopt die stiekem meereist, de hele oceaan over.'

Dus ook naar Amerika, denkt Casper. Amerika kun je niet zien vanaf deze lawaaicontainer, dat is echt ver, helemaal daar achteraan, veel verder dan de vuilfabriek, verder dan Wormer, waar de lucht het Noordzeekanaal raakt, daarachter en nog veel en veel verder.

Verderop zien ze de buurman die een stok de greppel over gooit en de hond luid aanspoort hem op te halen. De hond blijft liggen. De buurman roept en wijst. De hond gaat zijn hok in. De buurman haalt de stok zelf.

'Weet je wat we kunnen doen,' zegt Elvig, 'bloedbroeders worden.'

'Wat doen we dan?' zegt Casper.

'Gewoon, niks,' zegt Elvig die op het dak rondkijkt naar iets scherps. 'Dat betekent dat we vrienden zijn voor het leven.'

'Voor altijd?' vraagt Casper.

'Dat zeg ik dus!' Elvig vist de blauwe bankpen uit zijn broekzak. Hij schroeft hem uit elkaar, verbuigt het ijzeren veertje en test dat op de muis van zijn hand.

'Ik ga wel eerst.' Hij duwt het scherpe uiteinde van het veertje zo hard mogelijk in een keer in zijn vingertop.

'Doet het pijn?' Casper stapt naar achteren.

'Welnee. En al doet het pijn, ik huil nooit.'

'Ik wel,' zegt Casper.

'Dat is omdat je een mietje bent,' zegt Elvig. Uit zijn vinger bolt een donkerrood bolletje bloed op. Hij geeft het veertje aan Casper.

'Doe jij het maar,' Casper knijpt zijn ogen stijf dicht en steekt zijn vinger uit.

Casper houdt zijn adem in. Elvig heeft zijn vinger in een stevige greep.

'Ik tel tot drie,' zegt Elvig, 'een...' Hij prikt zo hard hij kan.

'Au!' roept Casper.

'Verrassen werkt het best,' Elvig kijkt tevreden naar het drupje bloed op Caspers wijsvinger. Ze drukken hun bebloede vingertoppen tegen elkaar, zodat hun bloed zich vermengt. Casper kijkt er ernstig bij, want bloedbroeders, dat klinkt ernstig. 'Hoe lang moeten we zo blijven staan?'

'Weet ik niet,' zegt Elvig.

Vijf seconden, besluiten ze. En vijf seconden, ze tellen langzaam en heel precies – het is geen deeltje van een seconde minder – drukken ze hun vingertoppen tegen elkaar. Gewonnen, denkt Casper, hoewel hij niet weet waar dat op slaat, zo voelt het, alsof hij iets heeft gewonnen. En dan moeten ze lachen om elkaars serieuze gezicht.

Casper klimt van de ladder naar beneden en begint bloemen te plukken.

'Maar waarom zouden we mijn vader gaan binnenhalen? Hij is met de auto, hij kan toch zelf naar huis?' roept Elvig van het dak.

Casper luistert maar half en plukt gewoon door want ze gaan toch.

De jongens staan bij de blauwe opblaaspoort als de stoet wandelaars binnenkomt. De vrouwen van een paar van de worstelaars staan er ook, druk kwebbelend, en de eigenaar van de sportshop is erbij, die staat te hossen met een biertje in zijn hand. Een dochter van een van de worstelaars heeft een spandoek gemaakt met daarop *Goed zo Papa!*

Daar komen de worstelaars aan, zingend, in hun nieuwe trainingspakken. Casper wil er ook graag een, zo mooi glanzend met van die strepen aan de zijkant.

Misschien als hij helpt een boef vangen in de sport-shop en dan zijn tronie verbouwt, dat hij ook zo'n pak kan krijgen. Het liefst groen met capuchon. Hij kijkt naar de sportshopeigenaar, hij zal het hem straks eens vragen.

De percussieband uit de Bijlmer speelt op een podi-um, een groep Surinaamse meisjes danst erbij.

Als Elvig weer gaat zeggen dat alle negers op elkaar lijken, krijgt hij een beuk, denkt Casper. Elvig kijkt naar de dansende meisjes. Vooral naar eentje, in een wit jurkje, met een grote bos vlechtjes die alle kanten op zwieren.

'Wat een flauwekul is dit,' zegt Elvig als Casper de bloemen aan zijn vader overhandigt.

Elvigs vader geeft de jongens allebei een kus, en gaat gezellig nog iets drinken met de sportshopeigenaar en zijn ploegmaten om te vieren dat ze de hele Vierdaag-se hebben volbracht.

Hij hinkt een beetje omdat zijn voet pijn doet maar een echte sportman moet daar tegen kunnen, zegt hij.

De jongens racen samen op de fiets terug naar de la-waaicontainer. Ze gaan rijden in hun cabrio.

'Bruine meisjes zijn ook wel mooi,' roept Elvig, staand trappend.

Elvigs vader is in de bestelbus aan komen hobbelen en stopt vlak voor de schroothoop waarop de cabrio staat. Hij botst net, heel zacht maar toch, tegen een stapel uitlaten.

Elvigs vader stapt uit het busje. Ziet de ladder tegen

de container staan. Hij leunt scheef tegen het portier. 'Jullie zijn toch niet toevallig op het dak geweest?' Hoe hij het zegt klinkt het als: 'Zullie zijn toch niet zevallig op ze dak zeweest.'

'Hij praat zo raar omdat hij bier heeft gedronken.' Elvig lijkt een beetje nerveus. Met een vinger trekt hij het dashboardkastje open. Duwt het weer dicht.

'Hij heeft bier gedronken. Daarom praat hij zo raar.'

'Dat heb je al gezegd,' zegt Casper.

In zijn hand heeft Elvigs vader de bos zwanenbloemen en margrieten die hij van Elvig en Casper heeft gekregen. 'Nog bedankt hoor, jongens. Heel mooi.' Hij houdt de bos hoog, struikelt en laat de bloemen net niet vallen.

Casper kijkt naar zijn vingertop. Je ziet nog een heel piepklein rood puntje. Bloed komt er niet meer uit, ook niet als je heel hard knijpt.

Elvigs vader laat een boer en loopt, niet helemaal in een rechte lijn, naar het Lawaaihuis.

Elvig springt uit de cabrio. Hij gaat ook naar binnen, sinaasappels uitpersen want alcohol breekt vitamines af, zegt hij tegen Casper.

Casper rent Elvig achterna om hem te helpen.

DE BANANEN LIGGEN
LEKKER LUI

Om beurten dragen ze het dienblad met de twee kopjes. De jongens hebben van hun eigen geld cappuccino
voor Elvigs vader gekocht in het marktcafé. Met extra
schuim. En voor het ene oude marktmannetje hebben
ze ook koffie gehaald, omdat ze het zielig vinden dat
zijn broer ziek is en hij helemaal alleen op de markt
moet staan. Hij krijgt gewone koffie, die is goedkoper.
Elvigs vader zegt dat ze niet alleen uitstekende
marktkoopmannen zijn maar ook jongens met een
goed hart.

Elvigs vader heeft niet zoveel zin om te werken vandaag, hij heeft barstende hoofdpijn.

'Waarom meld je je niet ziek?' vraagt Casper.

'Bij wie moet ik mij ziek melden dan? Ik ben eigen
baas,' Elvigs vader steekt een kauwgompje in zijn
mond. Gelukkig maar, zijn adem stinkt een beetje,
vindt Casper, dat krijg je van bier drinken.

'Zaterdag is de topdag op de markt. Dus als ik ziek
thuis blijf, ben ik een dief van mijn eigen portemonnee. Ik werk alleen niet als het windkracht zeven of
harder is, dan bouwt niemand zijn kraam op want dan
word je van je voeten geblazen.'

'Hij is niet ziek, hij heeft een kater,' zegt Elvig.

'Eigen schuld, dikke bult.'

'Dat heeft mijn moeder ook,' zegt Casper, 'als ze op

stap is geweest. Dan belt ze oma om te vragen of ze mij wat later in de middag mag ophalen. En dan wordt oma boos omdat ze zelf ook plannen heeft in het weekend. Terwijl ze volgens mama helemaal geen plannen heeft. En dan komt mama toch en dan is ze chagrijnig en heeft ze hele kleine oogjes.' Casper doet het voor. 'Als ik een slakkenlaboratorium heb, ben ik dan ook Eigen Baas?'

'Zeker,' zegt Elvigs vader.

Dan meld ik mij wel ziek bij Commaldoe, denkt Casper. Alhoewel, hij denkt niet dat hij nog met haar wil trouwen; ze had wel hele grote voeten voor een meisje.

'Wat ga je eigenlijk allemaal doen in je slakkenlaboratorium?' Elvigs vader zoekt in de binnenzakken van zijn jas naar aspirine.

'Dat weet ik niet,' zegt Casper, 'maar ik begin 's ochtends heel vroeg.'

De bananen zijn in de aanbieding vandaag. Dat zijn Caspers lievelingsvruchten, want ze zien eruit alsof ze altijd lekker lui liggen.

Limoenen zien eruit alsof ze net als zijn moeder overwerkt zijn, zo knalgroen en springerig.

'Wat is jouw lievelingsfruit?' vraagt Casper.

Elvig zegt: 'Mijn lievelingsfruit is waar we het meest van verkopen.'

De munt doet het erg goed. Elvigs vader zegt dat hij erover denkt luxe dingen in het assortiment op te nemen. 'Exotische vruchten en misschien potjes gedroogde tomaat en dat soort toestanden. Wat denk jij?' vraagt hij aan Elvig.

'Je moet alleen maar dingen verkopen die een paar keer over de kop gaan. Die lui die hier nu wonen, die hebben geld zat. Toch, Pluis?'

'Bikkelharde zakenmannen zijn jullie,' zegt Elvigs vader.

'We staan hier om geld te verdienen, of sta jij hier alleen maar voor de lol?' zegt Elvig.

Elvigs vader zegt dat hij toch vanmiddag misschien een uurtje eerder stopt. Zijn telefoontje gaat, hij kijkt voor hij opneemt op het scherm naar het nummer.

'Het is je oma,' zegt hij.

'Je hoeft niet op te nemen,' zegt Casper. 'Mijn moeder neemt meestal niet op als ze ziet dat het oma is. Of de bodypumpleraar.'

Elvigs vader strijkt zijn haar goed voor hij opneemt. Praat even met oma. Klapt zijn telefoontje in en zet het uit.

'Ze mag morgen naar huis,' zegt hij. 'Ze is vandaag al zonder hulp van de zaal af geweest. En nu gaat ze zo nog een keer naar de internetzaal. In principe moet ik je morgen naar Wormer brengen.'

Elvigs vader heeft last van zijn maag, hij gaat de boel dichtgooien. Hij doet de overgebleven uitgestalde bananen weer in de kistjes.

'Slap hoor,' zegt Elvig.

'Misschien glijdt oma uit als ze zo direct naar de internetzaal gaat en breekt ze haar heup,' zegt Casper.

Je mag hopen wat je wilt, want dit is een vrij land, met kansen voor iedereen, vindt mama.

DE AVOND DAT DE JONGENS HELDEN WORDEN

Het is avond. Elvig ligt chagrijnig op bed en Casper schommelt in de hangmat.

Wormer, denkt Casper terwijl hij van links naar rechts schommelt, morgen ga ik naar Wormer. Vrolijk wordt hij daar niet van. Het zou mooi zijn als het hier noodweer zou worden, net als in de Pyreneeën. Een hagelstorm, met hagelstenen als tennisballen, waardoor ze de lawaaicontainer niet uit kunnen. De wind blaast de auto's van de weg. Water van het Noordzeekanaal klotst om de container. Telefoneren met de buitenwereld is onmogelijk. Een stuk verderop scheurt de aarde open, Wormer verdwijnt in een diep ravijn. Met alle huizen en bewoners. Ook opa en oma kunnen niet worden gered, helaas pindakaas.

Casper vraagt aan Elvig of hij denkt dat dat kan.

'Een overstroming? Hier? In het Westelijk Havengebied? Nee,' zegt Elvig, 'lijkt mij niet.'

Elvigs vader doet de administratie. Als ze goed luisteren horen ze papieren ritselen.

'Wat is eigenlijk De Administratie?' vraagt Casper, 'is dat hetzelfde als de boekhouding?'

'Dat doet mijn vader. Dat moet hij vanavond doen. Hij gaat tellen.'

'Wat telt hij dan?'

Elvig heeft genoeg van die domme vragen. 'Ja, doei, Pluis. Hij telt jouw grote neusgaten.'

Ze horen het mobieltje van Elvigs vader. Hij begroet de persoon aan de lijn enthousiast en begint al snel te lachen.

'Ik ga later zwart werken,' zegt Elvig. 'Dat betekent dat je niets aan de belasting geeft. Want het geld groeit niet op je rug, zegt mijn vader. We verdienen het met bloed, zweet en tranen. We geven dus niks zomaar weg. Zeker niet aan de belasting, want die geven het weer aan mensen die niet willen werken.'

'Waarom houdt de belasting het niet zelf?' vraagt Casper.

'Ze houden ook een deel zelf, zo zijn ze ook wel,' zegt Elvig. 'En de rest is voor luie mensen die niet willen werken.'

'Ik wil later ook niet werken,' zegt Casper.

Elvig bekijkt hem argwanend, met een scheef hoofd. 'Jij gaat toch een slakkenlaboratorium beginnen?'

Ja, denkt Casper, maar dat doe ik gewoon thuis. In de garage. Daar bouw ik dat laboratorium. En dan ga ik tussendoor in de huiskamer op de bank liggen.

Elvig tikt zijn vingertoppen tegen elkaar. 'Als jij niet wilt werken geeft dat niets want wij zijn vrienden.'

'Hij heeft je moeder aan de lijn,' zegt Elvig.

Dat is precies wat Casper ook denkt. Maar meestal houdt zijn moeder het kort. Tegen de bodypumpleraar zegt ze altijd dat haar beltegoed opraakt. Casper

147

laat zich voorzichtig uit de hangmat glijden en loopt op zijn tenen naar de kamerdeur. Drukt onhoorbaar de klink naar beneden. Zijn handpalm is warm van het zweet. Hij gluurt door de kier.

Elvigs vader zit met zijn voeten op het bureau, dat vol papieren ligt. Een paar formulieren zijn op de vloer gevallen. Zijn stoel balanceert op twee poten.

'Zeker, zeker, Jansje-Marije. Fantastisch idee van je…'

Casper vindt het raar klinken zoals Elvigs vader 'Jansje-Marije' tegen zijn moeder zegt. Niet leuk, eigenlijk. Want eigenlijk heet ze mama. Mama van Casper, heet ze.

Elvigs vader zegt de 'ij' zacht en liefjes, als in een liedje. Heel anders dan als hij bijvoorbeeld 'ijsbergsla' zegt. Of 'selderij'. Dan houdt hij de 'ij' kort en worstelachtig, als een bevel.

Elvigs vader duwt en wriemelt en wrijft de blote tenen van zijn voeten over elkaar heen en tegen elkaar aan terwijl hij praat.

Elvig staat vlak achter Casper en gluurt ook door de kier.

'Komt voor elkaar. Ja. Zeker, meissie, afgesproken,' zegt Elvigs vader. 'Morgen.'

Zo lang belt zijn moeder nooit. En 'morgen', wat bedoelen ze daarmee. Zeker dat zijn moeder hem morgen hier komt halen. Mooi niet. Dat kan ze vergeten.

Elvig fluistert zacht: 'Doen we het?'

Het raam van Elvigs kamer piept nauwelijks. Een voor een gaan Casper en Elvig erdoor. Eerst Elvig. Met hun billen zo laag mogelijk schuiven ze over de grond, in tijgersluip, dat heeft Elvigs vader ze geleerd. De hoge graspluimen kriebelen in Caspers neus. Hij niest ervan, net als ze langs het hondenhok van de buurman sluipen. Ze wachten even. De hond slaapt, ze horen zijn ademhaling.

Overdag is het een klein stukje, maar nu lijkt het ver naar de vrachtauto.

Achter elkaar klimmen ze de cabine in. Casper laat een windje.

'Sorry.' Zijn moeder laat nooit een wind. Elvigs vader laat ze knallen, achter de kraam, als er even geen klant is.

De jongens kijken elkaar aan. En kijken dan door de voorruit het donker in.

'Waar gaan we eigenlijk heen?' vraagt Casper.

'Weet ik niet,' zegt Elvig, 'als we maar eenmaal bij de ring zijn. Als je bij de ring bent, kun je alle kanten op, zegt mijn vader altijd.'

Daar zit Casper, in een vrachtauto, bij een autoslo-perij, te kijken naar de lichtjes van de vuilverbranding. Een mager jongetje met krullen en de neus van een Amerikaanse brandweerman. Die wil dat zijn moeder op een slak lijkt. Hij en zijn vriend, met een T-shirt dat naar bamischijf ruikt. Die in zijn eentje vecht als een Romeins leger. Hoe je dat schrijft, met een IJ of met EI, dat weet Casper niet, maar dat geeft niks.

'Egypte is misschien een idee,' zegt Elvig.

'Egypte is goed,' zegt Casper. 'Weet jij welke kant dat op is?'

'Zien we vanzelf.' zegt Elvig, 'Eerst naar de ring. Daar zien we wel van die borden.'

Want bij de ring kun je alle kanten op, zegt Casper tegen zichzelf.

De maan is echt vol vanavond. Rond en groot. Hij lijkt dichterbij dan Wormer.

'Stel dat je geen gewone benzine in deze vrachtauto doet, maar vliegtuigbenzine,' zegt Casper.

'Kerosine, heet dat,' zegt Elvig.

'Als we dat in deze vrachtauto doen. En we rijden heel hard over de ring. Tweehonderd, of nog harder. Denk je dat we dan opstijgen?'

'Ik weet niet,' zegt Elvig, 'ik denk het niet. Nog nooit van gehoord, een vliegende vrachtauto.'

'Ik denk dat het wel kan. Dan kunnen we naar de maan,' zegt Casper. Hij ziet het voor zich, hun armen als vleugels uit de openstaande ramen.

'Wat moeten we daar doen, op de maan?' zegt Elvig.

'De boel opblazen,' zegt Casper.

Elvig schudt zijn hoofd. 'Dat moet je niet doen, de maan opblazen, die is heel dicht bij de hemel.'

De deur van de containerwoning zwaait open. Elvigs vader staat in de deuropening, afgetekend tegen het licht. Hij kijkt in het rond.

'Het ligt misschien toch voor de hand, Egypte,' zegt Elvig. 'Weet je wat we doen, we rijden de stad in en verstoppen ons in de berging op de markt. Mijn vader weet niet dat daar een plank los zit, die kun je zo uit de deur lichten. De tweede van onder.'

'Echt?' vraagt Casper.

'Ik loop toch niet te liegen,' zegt Elvig. 'Met een beetje wrikken heb je dat zo gedaan.'

En dan zien ze het gebeuren, want vrienden kunnen dat, en vooral bloedbroeders, die kunnen dezelfde dingen zien aan de binnenkant van hun ogen. Elvig zegt, hou je goed vast want ik ga gassen, en hij scheurt ervandoor. Ze hebben de koplampen uit maar hij weet precies de weg. Op de ring worden ze gepasseerd door twee politieauto's met zwaailichten. Ze parkeren achter Artis, op een kleine parkeerplaats voor touringcars, daar valt 'ie niet op. Casper draagt de doos munten. De straat is leeg zonder mensen en zonder kramen en zonder geschreeuw van marktkooplui. Er ligt karton en tot moes getrapt fruit. Ze bellen Elvigs vader vanuit een telefooncel met muntjes uit de doos. We komen terug als Casper mag blijven, zegt Elvig, je hebt een uur bedenktijd. Waar zijn jullie? Kom terug, Elvig, Casper, waar zijn jullie! Elvig wrikt de plank uit de deur van de berging los. Ze kruipen naar binnen. Ze horen geritsel van stinkende muizen en van grote ratten met scherpe, gele tanden. Maar ze zijn niet bang.

Ondertussen zitten de agenten in het Lawaaihuis aan tafel bij Elvigs vader. Hij woelt met zijn handen door zijn haar.

Dus u denkt dat ze op weg zijn naar Egypte? vraagt een van de agenten.

151

Ja, dat is het meest logisch, zegt Elvigs vader, daar wil mijn zoon altijd al graag heen.

Wij raden u ten sterkste aan in te gaan op al hun eisen, zeggen de agenten.

'Elvig! Casper, komen jullie binnen?'

'We gaan,' Elvig graaft de sleuteltjes op uit zijn broekzak. En laat ze vallen. In de doos met geld die op de cabinevloer staat.

Casper laat een sluipwindje. Zo een dat je ruikt.

'Hou op! Help die sleutel zoeken!' zegt Elvig.

Ze graaien door de muntjes en net als Elvig het sleuteltje te pakken heeft, hoort Casper iets. Heel dichtbij. Een voetstap?

Elvig gluurt door het portierraam. 'Ik zie niks.'

Casper duwt zijn neus plat tegen het koude glas. Wat is het hier donker. Veel donkerder dan 's nachts bij hun eigen huis. Een afdruk van het puntje van zijn neus blijft even op het raam zitten.

Als er inderdaad iemand rondloopt, dan zet hij zijn voeten zo stil mogelijk neer. Casper krijgt pijn in zijn maag.

'Wegwezen.' Elvig draait het sleuteltje om in het contact. De cabine trilt. Casper trilt op zijn stoel. Hard klinkt het ronken van de motor.

Iemand schuurt tegen het portier. Casper gilt en springt op, stoot zijn hoofd, Casper schuift weg, razendsnel zit hij op Elvigs schoot. Casper grijpt het stuur, Elvig duwt hem weg.

Casper laat niet los, hij grijpt met een hand het stuur

alsof hij hem in een verwurging heeft en drukt met de andere hand op de hoorn. Nog een keer, langer, met zijn hele hand houdt hij hem ingedrukt, perst hij op die hoorn, geen vijf seconden maar veel langer, wel vijftig minstens, en het geluid gaat diep en zwaar over het terrein.

Over de schroothoop, over de tractorbanden, over de verroeste uitlaten, over het hondenhok, langs de twee lawaaicontainers verspreidt het zich, door doornige takken van de braamstruiken en over de droge greppels en de slootjes met de guppies en het kikkerdril, tot ver achter de vuilfabriek en een heel stuk over het Noordzeekanaal. Zelfs in de villawijk, waar de bakfietsen op de stoep staan en de Hummers in de garage, zelfs daar hoor je het.

In paniek drukt Casper op alle oplichtende knoppen op het dashboard en de grote lichten gaan aan en de kleine, de gele en de rode en het hele terrein wordt verlicht. En hij ziet iemand staan, verstijfd middenin het volle, helle licht van de koplamp.

Een magere, lange jongeman, in een vale spijkerbroek en een zwarte jas met de capuchon op, waardoor Casper zijn bleke gezicht niet goed kan zien. Hij laat iets vallen, het lijkt een honkbalknuppel of een stok. Hij is klaar om ervandoor te gaan.

Daar komt de buurman aanrennen, de hond rent woest blaffend voor hem uit. Casper bedenkt dat hij de hond nog nooit heeft horen blaffen. En wat een tanden! Hij ziet er nu minstens zo angstaanjagend uit als die pitbulls waar Elvig dol op is.

Casper schuilt half achter Elvig.

En daar racet een autootje van RTV Noord-Holland het terrein op. Een man en een vrouw, de een met een camera op de schouder, springen eruit.

Iets later komt met loeiende sirenes, de politieauto aanscheuren. Hij remt en slipt. Dat kan Caspers moeder ook goed, maar oma wil dat niet hebben.

De man en de vrouw van RTV filmen hoe de politiemannen de armen van de insluiper op zijn rug draaien en hem handboeien omdoen. De insluiper hinkt, want hij is gestruikeld over een jerrycan.

'RTV is altijd snel,' zegt Elvig, 'want ze luisteren naar de politiescanner.'

Een politieman duwt het hoofd van de insluiper omlaag; hij moet de auto in. De interviewster, met hippe bontlaarsjes aan, stelt de andere agent vragen. Het is een leuke agent, denkt Casper, hij lijkt wel op mij, hij heeft ook een grote bos krullen.

Nu komt de interviewster, samen met de cameraman, naar de jongens toe.

'Hé, jongens, hoe heten jullie?'

'Casper Pluis,' zegt Casper, 'En hij is Elvig.'

'Komen wij op televisie?' Elvig rolt de mouwtjes van zijn T-shirt op.

En daar heb je Elvigs vader.

'Waar zijn jullie nu weer mee bezig?' begint hij.

De interviewster legt een hand op zijn arm en valt hem in de rede. 'Wilt u even stil zijn alstublieft, wij zitten midden in een opname. Dank u.' Ze knipoogt.

Verbaasd houdt Elvigs vader zijn mond. 'Lekker

voor hem,' fluistert Elvig, 'wij mogen ook nooit voor onze beurt praten.'

De verslaggeefster geeft de cameraman een sein.

'Wanneer wordt het uitgezonden?' vraagt Elvig.

'Vertellen jullie eens, hoe hebben jullie de insluiper weten te overmeesteren?' Ze houdt de microfoon vlak voor de mond van de jongens.

Per ongeluk, wil Casper uitleggen. Elvig trekt de microfoon naar zich toe en zegt: 'Wij hebben inderdaad de boef uitgeschakeld. Wij zitten op worstelen. Dus vandaar.'

Elvig staat breed. Casper gaat ook iets breder staan. Hoewel dat bij een mager mannetje als hij een beetje vreemd is, vindt hij zelf.

De interviewster knikt geïnteresseerd. 'Wat een lef, jongens. En wat een geluk dat jullie die vechtsport zo goed beheersen.' Ze bekijkt Casper eens goed. 'Ben jij niet die jongen die laatst vermist was? Wij hadden jou in ons programma. Jij was op de trein gestapt. Je opa had ons een foto gegeven.'

Dat ging ook per ongeluk, denkt Casper, ik doe veel dingen per ongeluk. En altijd zijn dat leuke dingen.

'Toen was er een zoekactie op touw gezet,' vervolgt de interviewster. 'Iedereen was in rep en roer.'

'Ik was niet in Rep en Roer,' zegt Casper 'Ik was gewoon hier.'

Hij kijkt recht in de camera als hij antwoordt. Dat is belangrijk, zegt zijn moeder, als je wilt dat de boodschap aankomt.

De interviewster speurt het ruige terrein rond. De

155

man met de camera volgt haar blik. Hij filmt de roestige autowrakken en de containerwoningen.

'Jij woont hier, hè? Klopt het dat dit speciale woningen zijn? Shockproof woningen? Wat voor soort mensen woont hier? In dit afgelegen gebied, ver van de bebouwde kom?'

De camera zwiept naar de container. Zoemt in, en blijft hangen op de witte gordijntjes en de bloemen voor het raam. Draait weer terug naar de jongens. De interviewster houdt de microfoon bij Elvig.

'Dat kan ik je wel uitleggen,' Elvig kijkt haar strak aan. 'Dit zijn lawaaihuizen. Als je het weten wil. Hier mag je zoveel lawaai maken als je wilt.' Hij kijkt of hij haar wil bijten. Niet zomaar bijten, maar bijten en nooit meer loslaten. Casper verwacht dat hij elk moment zijn bovenlip kan optrekken en gaan grommen.

De interviewster doet een stap achteruit. Ze lacht nep.

'Dat heb jij heel mooi gezegd, Elvig. Lawaaihuizen. Bijzondere huizen voor hele bijzondere mensen. En wat mij betreft, en daar zal de politie het ongetwijfeld mee eens zijn, zijn jullie echte helden. Dames en heren kijkers, dit is RTV Noord-Holland vanuit het Westelijk Havengebied. Met een verslag van een brutale overval op een autohandelaar, die op het nippertje werd verhinderd door deze twee heldhaftige vrienden.'

Ze bedankt de jongens en haast zich naar de buurman voor nog meer vragen, hij had 112 gebeld.

Elvig zegt: 'Ik schrok niet, toen die gast opeens voor onze neus stond.'

'Ik ook niet,' zegt Casper.

Elvig zegt: 'Het nieuws herhalen ze de hele week. We worden wereldberoemd.'

Elvigs vader pakt allebei de jongens ruw bij hun bovenarm.

'Wij hebben een dief gevangen. Wij zijn helden,' zegt Elvig.

'Dat dacht ik niet,' zegt hij scherp. 'Een vrachtauto starten! Zijn jullie nou helemaal. Wat zou jouw moeder hiervan zeggen!' Hij houdt de jongens te stevig vast, hij knijpt.

'Au,' zegt Casper.

Elvigs vader luistert niet. Zonder een moment los te laten beent hij naar de lawaaicontainer. De jongens kunnen hem bijna niet bijhouden.

'Weet je waar je het allemaal kan ontvangen,' zegt Elvig, 'zeker in Osdorp en Diemen-Zuid. Noord-Holland, dat is dus ook Texel. En vast ook een paar Duitse waddeneilanden. En als je een goeie schotel hebt kun je het ook nog in Limburg ontvangen, dus dan ook België.' Hij telt op zijn vingers.

'En in Verdorie,' zegt Casper.

'Ik zeg Spanje, honderd procent. Toen ik daar met mijn vader een keer op vakantie was keken we ook Nederlandse tv. En Amsterdam-Noord; Vogelbuurt. We worden wereldberoemd. Zeg maar gerust, wereldberoemder.'

'Wij, samen. Wij worden wereldberoemd,' zegt Casper ook. Het voelt lekker om te zeggen.

Hij heeft pijn in zijn arm omdat Elvigs vader zo

hard knijpt, maar dat kan mij niks schelen, denkt Casper, ik en Elvig worden wereldberoemd, en jij en mijn moeder niet. Casper maakt, zo goed als dat kan wanneer je wordt meegesleurd, een huppel.

Het stadsautootje van RTV scheurt er hobbelend en bobbelend vandoor, even lijkt het of het achter de bramenstuik in de greppel blijft steken.

'Hij had ook een honkbalknuppel, zag je dat?' zegt Elvig. 'Het was echt gevaarlijk!'

BAKKUM!

Elvig zet het draagbare combi-tv'tje aan en stopt er een dvd in om de uitzending op te nemen. Elvigs vader ligt nog te snierken op de slaapbank.

'Wel jammer dat jullie zo'n kleine tv hebben,' zegt Casper.

'Pa! Kom dan!' Elvig draait het volume harder.

'Denk je dat je dit ook in de Pyreneeën kunt zien?' vraagt Casper.

'Ik weet het niet.' Elvig haalt zijn ogen niet van het beeld. 'Zeg nooit nooit.'

'RTV Noord-Holland ontvangen hoog in de bergen in Spanje, natuurlijk kan dat niet.' Elvigs vader gooit chagrijnig de deken van zich af omdat hij nog helemaal niet op hoefde.

'Sssst!' Elvig legt een vinger voor zijn lippen; een stem zegt wanneer de nieuwsuitzending wordt herhaald.

Elvigs vader bindt zijn schort voor en gaat roerei maken.

'Ik heb een verrassing voor jullie. Hoewel jullie het eigenlijk helemaal niet verdienen. Stelletje weglopers. Casper mag van zijn moeder met ons mee naar Bakkum.'

Elvig zegt dat alle meisjes verkering willen met een wereldberoemde jongen.

Casper kijkt nog eens naar het combi-tv'tje. Thuis hebben ze een plasmascherm. Op deze past zijn hoofd nog niet eens.

'Horen jullie mij? Zijn jullie niet blij dat ik dit heb geregeld met Marije?'

'Pa! Praat er nou niet de hele tijd doorheen!'

En dan begint het, daar komt de interviewster in beeld, en daar staan de jongens!

Wat zien wij er goed uit, vooral ik, denkt Casper.

Het is bijna negen uur 's ochtends en Casper kijkt hoe Elvig haltert. Hij traint zijn schouders en zijn biceps en hij kreunt als hij kracht zet. Hij tilt deze ochtend een paar kilo meer dan anders. Dat is natuurlijk omdat ze nu helden zijn, denkt Casper, helden zijn sterker. Dan gaat de telefoon, het is oma.

Casper houdt er niet van om met oma te bellen, omdat zij de telefoonhoorn tegen haar oor houdt aan de kant waar de bruine wrat zit. Toen hij met Elvig op bezoek in het ziekenhuis was, leek de wrat gegroeid.

'Wat bel je laat,' zegt Casper, oma is altijd om zes uur al op.

Elvigs vader pakt een weekendtas vol boxershorts en hemdjes, stopt ze er in keurige stapeltjes in.

'Gisteravond heb ik het geprobeerd,' zegt oma, 'maar toen waren jullie buiten aan het spelen, zei mijnheer Witteveen.'

'Wij waren aan het boeven vangen,' zegt Casper.

'Goh, bestaat dat ook nog steeds? Dat spelletje noemde wij vroeger diefje-met-verlos. Wat leuk dat jullie dat nog doen, al die oud-Hollandse spelletjes.'

Wij hebben een echte boef gevangen, wil Casper net uitleggen, als Elvigs vader wild zijn hoofd schudt en sist.

'In ieder geval,' zegt oma, 'ga ik maandag fijn naar huis.'

'Dat heeft u gister ook al gezegd,' zegt Casper.

Elvigs vader zit op de grond naast een bergje sokken waarvan er geen twee gelijk zijn.

'Gezond als een vis ben ik! Gelukkig maar, toch? Niks gebroken, alleen gekneusd.'

'Ja,' zegt Casper.

'Dus je kunt fijn naar ons komen, dit weekend.'

'Maar ik ga fijn naar Bakkum. Naar de camping. Met Elvig en zijn vader,' zegt Casper, 'mag van mama.'

'Wat krijgen we nu weer? Is je moeder nu opeens van gedachten veranderd? En ze wilde per se dat jij…'

Casper houdt de hoorn een stuk van zich af.

'Hier heb je Elvigs vader,' zegt Casper en hij geeft de hoorn met de tetterende oma aan Elvigs vader, die levensmiddelen uit het aanrechtkasje pakt en in een kartonnen supermarkt doos doet. Hij neemt zoveel mogelijk mee omdat de campingwinkel duur is.

Elvigs vader onderdrukt een zucht en neemt de hoorn aan.

Elvig haalt het dvd'tje uit de recorder.

Casper heeft opeens een heel goed idee en hij rent naar de wc om een leeg wc-rolletje te zoeken.

Casper zoekt in de grote knutseldoos die naast de bank staat en beplakt het rolletje met crêpepapier, in mooie gekleurde stroken, rood en paars en geel. Hij knipt met een schaar een gleuf in de rol waar precies de dvd in past.

'Het is precies een trofee. Onze eigen trofee. Wat heb jij dat goed bedacht!' zegt Elvig.

Casper vindt het ook goed bedacht van zichzelf, maar als je vriend dat ook vindt is het nog leuker.

Elvig zet hem in de boekenkast. Verschuift hem, zodat hij iets meer naar voren staat dan de bekers van zijn vader.

Elvigs vader bindt de gestreepte klapstoeltjes boven op de auto, Casper staat erbij te kijken. De hond van de buurman ligt te slapen voor zijn hok.

'Ga jij eens kijken wat die jongen uitvoert, wat duurt dat nou weer lang!'

Je hoeft wereldberoemde mensen niet zo te commanderen, denkt Casper, maar hij loopt toch het Lawaaihuis in. De doos oude kranten hebben de jongens om de hoek van de deur, tegen de regenpijp gezet.

Het is stil in het Lawaaihuis. Casper zet zijn voeten heel voorzichtig neer. Elvig staat bij de boekenkast, voor de foto van zijn moeder, hij heeft hun trofee in zijn handen. Hij lijkt kleiner dan anders. Wel dik, maar niet zo sterk.

Casper sluipt terug. Als hij zelf naar Amerika gaat, laat hij die trofee ook aan zijn vader zien, dat is logisch.

In Bakkum hebben Elvig en zijn vader een caravan en ze komen er Elvigs hele leven al. Voordat hij geboren was kwam Elvigs vader er met zijn ouders en op de camping heeft hij Elvigs moeder leren kennen, die werkte er in de kantine.

'Dus ging ik elke dag een broodje bal halen,' vertelt Elvigs vader als hij net nog snel de ring oprijdt wanneer het stoplicht van oranje op rood springt. Dat kan makkelijk ziet ook Casper, want het is toch stil op de weg.

'Soms ging ik wel twee keer per dag. Al waren ze niet te eten en reteduur. Maar hoe dat meisje naar mij lachte als ze een dikke klodder mosterd op die vette, smakeloze bal slachtafval smeerde... Dat was onbetaalbaar.'

'Welke meisje?' vraagt Elvig.

'Je moeder natuurlijk!' roept Elvigs vader.

'Mijn moeder kreeg heel veel whisky van mijn vader,' zegt Casper. 'Ze was in New York om een reclamefilm te maken en toen 's avonds was ze in een bar en daar was mijn vader en toen gaf hij haar gratis whisky en toen ging hij haar in de nacht de kazerne laten zien en toen werd ik negen maanden later geboren.'

'Ja, zo gaan die dingen,' zegt Elvigs vader. 'Hebben jullie nou eindelijk een keer die ouwe kranten weggebracht?'

'Ja. Min of meer,' zegt Elvig.

Elvigs vader hoort het antwoord niet want hij gaapt luid. Ze hebben die nacht alle drie nauwelijks geslapen. Elvigs vader heeft zich niet geschoren. Hij gaapt de hele weg naar Bakkum.

Elvig zegt vanaf de achterbank: 'Pa, als je moe bent kan ik het stuur wel even overnemen.'

Elvigs vader kijkt hem fronsend aan via het spiegeltje. 'Dat zijn geen grappen, Elvig. Daar moet ik nog een ernstig gesprek over voeren met de buurman, over dat hij jou heeft leren autorijden. Hoe haalt die man het in zijn hoofd.'

'Maar ik kan het lekker wel,' zegt Elvig. 'Jij hebt mij toch ook op die heftruck leren rijden?'

'Dat rijden op de heftruck is heel wat anders. Dat is nuttig voor je werk. Hier is het laatste woord nog niet over gezegd,' zegt Elvigs vader. 'Dit is een Ernstige Zaak.'

'Hier kun je gewoon gaan gassen hoor, pa,' Elvig tuurt uit het raampje, 'hier staan geen flitspalen.'

Een Ernstig Gesprek. Een Ernstige Zaak. Ernstige Zorgen, denkt Casper. Dat gaat goed. Casper kijkt uit het raam naar de wolken die de auto proberen bij te houden. Het lukt ze niet, natuurlijk niet, niemand houdt twee wereldberoemde helden bij die aan het gassen zijn.

POEPZOEVEN!

'Kijk, dit is nou onze caravan.' Elvigs vader parkeert de auto. Hij haalt de bagage van het autodak en uit de achterbak. Net als hij daarmee klaar is, begint het te regenen. Casper en Elvig moeten de tas dragen die Elvigs vader voor hen heeft ingepakt.

Met zijn drieën rennen ze over het grasveldje naar de witte sta-caravan, Elvigs vader houdt de opgevouwen klapstoeltjes als een paraplu boven zijn hoofd.

Casper houdt van regen, alles ruikt lekker, na regen zie je veel slakken en het is goed voor brandweermannen. Als het in Amerika regent, blust de brand vanzelf en hoeft zijn vader niet te werken. Zijn moeder zegt dat zijn vader heel knap en gespierd was, maar ook een luie indruk maakte. Hij betaalde in het café alle drankjes, maar zij moest ze bij de bar gaan halen.

Binnen kijkt Casper rond, voor de ramen hangen witte gordijntjes en in een hoek liggen halters. 'Het lijkt hier wel op het Lawaaihuis,' zegt hij.

'Precies, het is hier bijna net als thuis,' zegt Elvigs vader die de jongens handdoeken toegooit zodat ze hun haren kunnen drogen. 'Gelukkig wel.'

Elvig vraagt of Casper, als de regen is opgehouden, wil pingpongen maar dat wil Casper niet. Chinezen zijn goed in pingpong, dat weet iedereen. Casper krijgt er nog eens wat van. En maar lopen pingpongen de hele dag en geen pindakaas willen kopen.

De jongens lopen als helden over de grindpaden en springen in alle plassen. De regen is opgehouden. In de plassen liggen mooie olievlekken in alle kleuren.

Aan de rand van de camping staan een paar koeien in de wei.

'We gaan poepzoeven,' zegt Elvig.

Koeien kunnen poepen, dat is niet mis, grote bruine plakken liggen in het gras. Degene die er al wat langer liggen, daar zit een korstje bovenop, maar als je er hard in stampt zak je er zo door, middenin de zachte smurrie. Elvig legt uit wat de bedoeling is.

'Je neemt een aanloop, springt in die plak en zoeft zo lang door als je kan. Een zo lang mogelijke slip, zeg maar.' Hij doet het voor.

Hij loopt terug tot het hek, telt 'van je een, twee, drie,' en stuift brullend op een koeienplak af, armen gespreid, daar gaat hij, het lijkt wel of hij surft, het gaat extra goed nu het gras nat is van de regen. Grijnzend surft Elvig over het gras op het laagje poep dat onder de zolen van zijn rubber laarzen blijft plakken. Hij lijkt wel een dikke slak, denkt Casper, een dikke slak die een bruin spoor achterlaat. En dan gaat Casper! Zoefzoefzoefzoef!

Met een stok die Elvig vindt meten ze wie de langste remweg heeft.

De jongens trekken kriskras sporen door het weiland, ze rennen, zoeven en flitsen door de smeuïge

vlaaien. Er zit poep aan hun laarzen, aan hun broeks-
pijpen en zelfs een beetje in Caspers krullen. De koei-
en kauwen en herkauwen rustig door en trekken af en
toe hun staart hoog op om er nog eentje te laten vallen.

'Weet je wat wij later best samen zouden kunnen
gaan doen,' zegt Elvig, een veeg poep op zijn wang,
'een Vangbedrijf beginnen. Voor het vangen van boeven en limousinestieren.'

Het is een goed idee, maar Elvig zal het alleen moeten doen want Casper gaat later niet werken. Of tenminste, zo weinig mogelijk.

WEG WAS MAMA JANS

'Hallo! Goedemorgen! Is dit de caravan van de familie Witteveen?'

Casper is het eerst wakker. Hij heeft zo'n haast dat hij bijna van zijn bed valt, die stem, niemand heeft zo'n mooie stem als deze. Hij rent, doet deur open en daar staat ze dan. Met haar bergschoenen aan, die nu afgesleten en stoffig zijn.

'Daar is hij dan,' zegt ze, 'mijn Casper Pluis. Ik wist dat dit de goede caravan was. Want toen ik buiten liep, hoorde ik een melodietje.'

En ze strekt haar armen naar hem uit. Ze wil hem op zijn wang op kussen, op zijn sproeten die op een muzieknootje lijken, maar dat gaat zo maar niet. Als je voortdurend verdwijnt zonder andere mensen mee te nemen, dan kun je niet gewoon terugkomen wanneer je zin hebt en de mensen optillen en kussen en met je neus door hun krullen wrijven alsof er niets aan de hand is.

Casper doet een stap naar achteren. Zo.

Casper staat stevig. Op zijn blote voeten. En hij praat duidelijk.

Hij zegt: 'Mama Jans zat op een gans. Hop, zei de gans, weg was Mama Jans.'

Elvig en Elvigs vader zijn ook naar de deur gekomen. Elvigs vader strijkt snel met zijn handen door zijn haar. Hij loopt nog in zijn pyjamabroek.

'Wat mooi, heb je een gedicht voor mij geschreven?' vraagt Caspers moeder.

Casper geeft geen antwoord, maar geeft zijn moeder een harde duw.

'Wat doe je nou,' zegt ze verbaasd, 'eerst draag je zo'n mooi gedicht voor en dan...'

'U snapt ook niet veel,' zegt Elvig. 'Hij bedoelt dat u er nooit bent. Hop, u springt op een gans en u bent weer weg, en hij mag niet eens mee. Naar hoe heet dat. Pireneten. En dat is echt niet aardig van u. Maar dat weet u vast zelf ook wel.'

Elvigs vader en Caspers moeder zijn stomverbaasd. Ze kijken elkaar aan en ze kijken naar Elvig en Casper.

Caspers moeder kleurt een beetje rood.

Elvigs vader schraapt zijn keel en zegt dat Elvig niet zo brutaal mag zijn tegen volwassenen.

'Wij gaan buiten spelen. Kom,' zegt Elvig, hij trekt Casper bij een arm en ze lopen de camping op.

Ze horen Elvigs vader nog zeggen: 'Wat leuk je nou eindelijk in het echt te ontmoeten, Jansje-Marije. Kom binnen.'

Weer zegt hij het met die slijmerige IJ, hoort Casper. Elvig hoort het ook want die trekt een raar gezicht.

Het heeft geregend en er kruipen overal naaktslakken met hun dikke, glimmende zwarte lijven door het gras en over de paden. Elvig vindt ze prachtig omdat ze bloot zijn. Maar Casper houdt meer van slakken met een huisje.

'Moet je vandaag met je moeder mee?' Elvig pakt

de dikste naaktslak die hij ziet en legt hem in zijn hand-palm.

'Ik weet niet,' zegt Casper.

'Misschien blijft ze,' zegt Elvig. 'Als mijn vader een beetje opschikt past ze vast wel bij hem op het matras.'

De zon breekt door en al snel zijn alle naaktslakken verdwenen en is de dauw weg en het gras droog. Je ziet hier en daar een koolwitje en de jongens proberen ze in hun handen te vangen maar dat lukt niet.

'Je hebt een mooi gedicht gemaakt over die gans,' zegt Elvig.

'Hoe weet je dat het een gedicht was,' vraagt Casper.

'Nou, het rijmde toch,' zegt Elvig. Hij stelt voor om zijn vader en Caspers moeder te gaan bespieden.

'Ik ken er nog een,' zegt Casper, 'een il-le-ga-le Thai is i-de-aal.'

Wanneer de jongens weer bij de caravan komen zitten mama en Elvigs vader in de gestreepte klapstoeltjes in het zonnetje. Het is nog geen middag maar ze hebben al een glaasje wijn ingeschonken. Elvigs vader smeert een stukje stokbrood en geeft dat aan Caspers moeder.

Elvig en Casper liggen op hun buik in de bosjes en begluren ze.

'Ik denk dat we toch beter achter de jongens aan kunnen gaan,' horen ze Caspers moeder zeggen. 'Ik ben natuurlijk doodsbang dat Casper weer zomaar verdwijnt. Wat een eng verhaal zeg, dat met die vrachtauto en die insluiper. Ik zit niet op mijn gemak.'

Dat vindt Casper prettig om te horen, dat zijn moeder doodsbang is en niet op haar gemak zit.

'Die komen zo wel opdagen. Casper vindt het vast heel fijn om jou weer te zien, Marije,' zegt Elvigs vader, 'maar als je wilt, gaan we ze nu zoeken.'

'Misschien heb je gelijk. We wachten nog even.' Maar Caspers moeder speurt de hele tijd om zich heen.

Ze horen haar zeggen: 'Wat toevallig zeg, dat jij in de groentehandel zit. Mijn vader was vroeger warmoezenier.'

'Mijn moeder wil alles altijd interessanter maken dan het is. Omdat ze in de reclame zit. Die verkoopt je een drol voor diamanten, zegt mijn opa.' Casper slaat een spinnetje weg dat voor zijn gezicht bungelt.

'Gebakken lucht,' zegt Elvig, 'maar ze is wel knap.'

'Mijn vader is knapper,' zegt Casper. Dat weet hij zeker, al heeft hij hem nog nooit gezien. Zijn moeders neus bijvoorbeeld, die ziet er niet uit, ongezellig bleek en dun. Hij voelt aan die lekkere stompe neus van hem zelf, met die grote neusgaten waar je goed hard door kan snuiven.

'Dat is zeker toevallig,' Elvigs vader klinkt zijn wijnglas tegen dat van Caspers moeder.

'Maar wat is dat ook alweer precies?'

Wat Jansje-Marije antwoordt is voor de jongens niet te verstaan maar ze lacht erbij. Elvigs vader lacht ook. Hij zit zoals stoere mannen zitten, met hun benen wijd. Ze horen hem zeggen: '...erg gezellig, Casper te logeren... goed op de markt geholpen, ...keihard gewerkt.'

171

'Gewerkt?' zegt Caspers moeder verbaasd. 'Zijn ze daar niet veel te jong voor?'

Caspers vader smeert nog een broodje: 'Het is toch hartstikke mooi voor die gastjes om hun eigen centen te verdienen, ik zelf stond als kleuter al op de markt mijn vader te helpen. Kweekt een goeie mentaliteit. Weten ze meteen dat geld niet op je rug groeit. Leren ze de waarde ervan.'

Caspers moeder buigt naar voren om het broodje aan te nemen, haalt er met een mes boter af omdat ze aan de lijn doet, en zegt: 'Ik geloof er toch meer in dat je een kind zoveel mogelijk kind moet laten zijn.'

Elvigs vader grinnikt. 'Als je bedoelt dat ze kattenkwaad uit moeten kunnen halen, nou, daar hebben deze twee tijd genoeg voor, geloof mij maar!'

'Ze hebben toch geen rare dingen…,' begint Caspers moeder bezorgd.

Het antwoord van Elvigs vader is niet te verstaan omdat hij tegelijk een fles wijn probeert te ontkurken. Als hem dat niet lukt neemt Caspers moeder de fles over, klemt hem tussen haar benen, waardoor haar bloemetjesjurk een stukje omhoog schuift, draait de kurkentrekker erin en rukt de kurk in een keer, plop, eruit.

Elvigs vader fluit bewonderend. Caspers moeder vertelt over bodypump waar ze drie ochtenden per week op zat, de fitness in de lunchpauze op haar werk en waarschijnlijk gaat ze binnenkort nog op combatboost.

'Geweldig!' zegt Elvigs vader.

Elvig fluistert: 'Hij vindt jouw moeder heel aardig maar ook te mager.'

'Hoe weet je dat?' vraagt Casper zacht.

'Hij blijft maar broodjes voor haar smeren.'

'Denk je dat mijn moeder net zo asociaal als je vader zou kunnen worden?' fluistert Casper.

Dan krijgen ze misschien ook een Lawaaihuis naast dat van Elvig.

Elvig kijkt op zijn Rolex: 'De herhaling!' Ze springen de bosjes uit en hollen naar de caravan om de televisie naar buiten te slepen.

Elvig draagt het televisietoestel naar buiten en Casper de haspel. Hij wist niet wat dat was, maar hij keek waar Elvig naar wees, het is een opwindmachine voor een elektriciteitssnoer.

Elvig duwt alles wat op het wankele opklaptafeltje staat aan de kant en zet het televisietoestel neer.

Casper blijft uit de buurt van zijn moeder. Die wacht maar met knuffelen tot hij er zin in heeft, en dat kan nog een hele tijd duren, zeker tot morgen.

'Wat krijgen we nou!' zegt Jansje-Marije verbaasd als de nieuwsuitzending begint.

'Ssssst, u moet er niet doorheen praten,' zegt Elvig. 'Wij zijn wereldberoemd.'

'Wereldberoemder,' zegt Casper.

Op zachte toon legt Elvigs vader haar uit wat er is gebeurd. Jansje slaat een hand voor haar mond. Elvigs vader, de slijmbal, legt even een hand op haar knie, ziet Casper. En schenkt haar nog een glaasje wijn in.

173

Zelf neemt hij maar een bodempje, en een groot glas water.

Elvig praat geluidloos – alleen zijn lippen bewegen – mee met de teksten van iedereen die in het item in beeld is.

Als de interviewster zegt: 'Wat mij betreft, zijn deze jongens helden!' stompt Elvig Casper tegen zijn schouder.

'Hoe kan jij dat?' vraagt Casper, 'hoe weet je nou wat iedereen zegt?'

'Dit is toch al de tweede keer dat ik het zie. Dan weet ik het gewoon. Makkelijk, uit je hoofd leren. Dat moet ook wel, want ik ga naar het vmbo-k.'

'Ik ook,' zegt Casper.

'Wat?' zegt Jansje-Marije die dat net hoorde. 'Ik denk het niet hoor, Casper, jouw juf zegt dat het gek zou zijn als jij geen havo-advies krijgt.'

'Dat is helemaal niet gek,' zegt Casper, 'ik ga naar dezelfde school als Elvig.'

'Daar heb je wat aan,' zegt Elvig, 'daar leer je dingen waar je wat aan heb. Gewoon, een vak.'

'Kan die tv iets zachter?' vraagt Elvigs vader.

De buurman leunt over de heg om te zien wat er op televisie is en roept zijn vrouw en dochter en die komen ook kijken en feliciteren de jongens.

Elvigs vader haalt een paar krukken en glazen en bier uit de caravan en de buren komen erbij zitten.

Elvig past maar net in het opklapstoeltje, de leuningen snijden in zijn zij. Elvig heeft natuurlijk ook hele dikke hersens, daarom weet hij zoveel. En ik heb magere hersens, daarom weet ik een beetje weinig, denkt Casper.

Als de nieuwsuitzending af is zitten de buren nog gezellig bij Elvigs vader en Jansje in de tuin. Elvig loopt voor Casper uit naar de caravan met de televisie. En ik draag de haspel, denkt Casper, en slingert er mee heen en weer. Haspel, dat weet ik dan weer mooi.

'Denk jij dat ze verkering met elkaar willen?'

'Ik denk het niet,' zegt Casper, 'mijn moeder heeft nooit verkering.'

JE VOORTPLANTEN OP DE SALOMONSEILANDEN

De jongens zitten op de achterbank van het busje.

'Als we samen bedrijven gaan oprichten, doe ik het zakelijke deel,' zegt Elvig, 'het oplichten van de belasting.'

Elvigs vader kijkt via het spiegeltje naar de jongens en zegt dat hij zo snel mogelijk terug naar Bakkum wil om Jansje-Marije te verrassen met een ontbijtje.

Elvig leunt naar Casper en zegt zachtjes dat zijn vader hoopt dat er voor hem bij Jansje-Marije een vaste standplaats in zit. 'Snap je? Dat ze vaste verkering krijgen, hoopt hij.'

In de auto hangt licht de geur van mondwater. Elvigs vader draagt een keurig gestreken lichtroze overhemd. Sinds Jansje-Marije op de camping staat, ziet hij er elke dag netjes uit.

'Dat is toch leuk, jongens, als we dat doen? Een eitje koken, vers geperst sinaasappeltje.'

'*We*, hoezo *we*,' zegt Elvig, 'dat kan je toch wel zelf mag ik hopen, een ontbijtje maken, daar heb je ons toch niet voor nodig? Gisteren kon je het ook alleen. Toen kreeg ze champagne en aardbeien. Waarom krijgen wij altijd die gare havervlokken?'

Net wil Elvigs vader vragen hoe de jongens dat weten, als de weg voor hem wordt afgezet voor werkverkeer, een man met een veiligheidshesje zet een roodwit hek midden op de straat.

Elvigs vader draait het raampje open.

'Dat is minstens een kwartier omrijden! Dat flikken jullie iedere keer! Is het niet híér opgebroken dat is het wel weer dáár!'

De man wijst, onverstoorbaar, welke kant de automobilisten op moeten. 'Dit begint er dus op te lijken, wat schreeuwen betreft,' zegt Elvig zacht tegen Casper.

De jongens kijken in spanning toe. Zwaar gedreun van heipalen klinkt uit de bouwput.

Het geluid komt bij Elvigs vader diep uit zijn onderbuik, precies vanwaar je ook moet ademen, onder bij je navel, dat heeft Elvigs vader de jongens bij worsteltraining geleerd. In en weer rustig uit.

Elvigs vader balt een vuist voordat hij het raampje dichtdraait en achteruitrijdt met gierende banden. Hij neemt de bocht zo scherp dat de jongens tegen elkaar aan vallen. Tevreden geven zij elkaar een boks. Nou, denkt Casper, geen wonder dat ze van hun oude buren naar een lawaaicontainer mochten verhuizen. Dat is verdiend, echt! Wat kan die man brullen!

Vlak voor het Centraal Station zet Elvigs vader de jongens af. 'En mag ik nu misschien weten wat de bedoeling is van deze missie?'

'We gaan iets doen,' zegt Elvig.

'Iets heel belangrijks,' zegt Casper.

'Ik vind het helemaal niet erg om jullie een keertje naar de stad te brengen. Maar als ik erachter kom dat jullie hierheen moesten omdat de kroketten bij de Febo in de aanbieding zijn, dan zwaait er wat. En over precies een uur sta ik hier weer, als jullie er niet zijn, pech, dan gaan jullie maar lopend terug naar Bakkum.'

Hij geeft gas, hij gaat even snel langs zijn zieke marktcollega. 'Voor je het weet knijpt zo'n oude man ertussenuit. Jij gaat ook een keer langs binnenkort.'

'Als ik van jou internet krijg.' Elvig stapt uit.

De jongens kijken het bestelbusje na. Elvig houdt de doos met munten vast en Casper het vakantieboek.

'Ouders dreigen, maar ze doen nooit wat. Als ik tegen iemand zeg "ik sla je voor je kanis", dan doe ik dat. Dat kun je navragen. Op mijn vorige school en bij de politie.'

Ze steken dwars over het stationsplein, over de tramrails, naar het gebouwtje van het GVB aan het water. Je hoort de munten zacht schuiven in de kartonnen doos.

Gisterochtend heel vroeg in de ochtend, ging Elvigs vader met zijn dienblad volgeladen onhoorbaar dacht hij, de deur uit. Hij klopte op de deur van Jansjes huisje.

Elvig en Casper waren hem gevolgd en zaten verstopt achter een biobak.

Zodra Jansje verrast Elvigs vader had binnengelaten, gingen de jongens in tijgersluip door het natte, bedauwde gras. Om de beurt gluurden ze voorzichtig door het raampje. Ze hoorden gebrom van Elvigs vader. Gelach en gegiechel van Jansje-Marije.

Casper zag dat Elvigs vader hoge glazen volschonk en ze hoorden hen toosten. Zijn moeder hield een aardbei voor de mond van Elvigs vader, die er voorzichtig een hapje van nam. Caspers moeder droeg een kort, lila kimonojasje, waardoor Casper goed zag dat haar benen bruin waren en heel slank door al die poweryoga. Dat zag Elvigs vader ook want hij bleef kijken.

Het lila jasje schoof van Jansjes schouder en Casper zag het bandje van haar tijgerprint-bh. Toen deed zijn moeder de gordijntjes dicht.

De jongens bleven bij het huisje staan. Ook al waren gordijntjes potdicht en hoorden ze niets. Helemaal niets.

Maar weg wilden ze niet. Juist niet. Het leek alsof daar binnen iets belangrijks aan het gebeuren was, waar ze bij in de buurt moesten blijven. En ze bleven stil staan, wel een minuut. Ze hielden het precies bij op Elvigs Rolex.

'Ik denk dat ze elkaar beminnen,' zei Elvig plechtig.

'Wat praat je raar,' zei Casper.

De deur van het GVB-gebouw is gesloten en voor het raam hangt een bordje met de openingstijden, van 8 tot 8.

'Is het pas zo laat open?' zegt Casper verbaasd.

De jongens gaan op de stoep zitten. De stenen voelen koud aan Caspers billen. Mijn wereldberoemde billen, denkt hij.

Elvig zet de doos tussen hen in. In de grote bouwput verderop wordt al volop gewerkt, mannen met veiligheidshelmen op sjouwen grote ijzeren palen. Een opzichter gebaart wild en roept iets naar de bestuurder van een klein rupsvoertuig, dat over een berg zand rijdt. Hij maak een mooi spoor, bijna zo mooi als een slakkenspoor.

Casper bladert nauwkeurig door het vakantieboek.

'Er is een slak die reist,' zegt Casper.

'Die rijst eet? Gewoon nasi, lusten slakken dat?' vraagt Elvig.

'Die slak reist! Met 'ei'! Dat staat hierin. Een waterslakje.' Casper leest de naam van de slak heel nauwkeurig, met zijn vinger bij de letters. 'De Ne-ri-ti-na Sas-pe-ru-la-ta. Hij is heel klein,' Casper wijst het aan, 'nog geen drie millimeter.'

Hij leest verder: 'Stiekem gaat hij op de rug van een grote slak zitten en reist door het water, vanuit de zee, naar de rivier. Zo komt hij op een plek op de Sa-lo-mons-ei-lan-den in de o-ce-aan en daar gaat hij zich voort-plan-ten. Het is ki-lo-me-ters ver. Als dat slakje dat alleen moest doen, deed hij er an-der-half jaar over. En nu, op de rug van die grote, maar drie maanden.'

Zo'n lang stuk leest hij nooit. Je krijgt er wel dorst van.

'Voortplanten, dat is seks,' zegt Elvig. 'Die slak doet aan seks.'

Dat weten we wel, denkt Casper. Heeft die Elvig nooit een ander onderwerp om over te praten.

'Gaat hij zonder zijn ouders?'

'Natuurlijk,' zegt Casper, 'zonder te vragen. Hij gaat gewoon.'

'Stoer,' zegt Elvig, 'en hij is maar zo klein, dat waterslakje?'

'Zo klein,' zegt Casper.

'Weet je,' zegt Elvig, 'ik heb een idee. Als jij dat slakkenlaboratorium begint, kun je er meteen een slakkenrestaurant bij doen. Eerst onderzoek je ze, en als je daarmee klaar bent, eet je ze op.'

Elvig peutert donkergeel smeer uit zijn oor, rolt dat tot een balletje en schiet het weg. Casper kijkt naar een mus die rondhipt in de goot. Twee mannen in knaloranje hesjes vegen het plein aan met takkenbezems.

Er komt een mevrouw op een fiets aan. Ze zet de fiets op slot, groet de jongens en ontsluit met een paar sleutels het gebouw.

'Bent u al open?' vraagt Elvig.

'Eigenlijk niet,' zegt de mevrouw, 'over een halfuur pas.' Ze kijkt naar de doos. 'Of willen jullie al die muntjes bij mij omwisselen? Dan hoef ik zo direct niet naar de bank voor wisselgeld.'

'We gaan iets kopen,' zegt Casper. 'Iets heel belangrijks.'

Samen met de mevrouw tellen de jongens op de tegelvloer alle munten. Ze leggen soort bij soort, vijftig cent bij vijftig cent, twintig bij twintig, tien bij tien en vijf bij vijf. De helft is voor Elvig, die gaat hij straks naar de bank brengen.

De muntjes liggen van de wand met stadsplatte-gronden tot onder het rek met gratis folders van rond-vaartboten.

Als alles is geteld haalt Casper het papiergeld dat hij bij Elvigs vader heeft verdiend uit zijn broekzak.

De vrouw tikt op haar rekenmachientje.

'Een ov-chipkaart met het maximum aan tegoed,' zegt ze, 'tenminste, als je er nog een dubbeltje bij hebt.'

En in dat kleine vakje naast zijn broekzak, waarvan het onduidelijk is waarvoor het is bedoeld, waar je met moeite een vingertop in kan wringen, daar zit het, strak ingeperst, al die tijd, te wachten op dit moment, het dubbeltje uit de trein dat hij opeens precies nu nodig blijkt te hebben.

'Heeft u die korting wel gerekend?' vraagt Elvig.

Het is jammer voor Jansje-Marije, maar er is een kans, een grote, dat ze voortaan haar werkschema niet meer op Caspers rooster hoeft af te stemmen. Of ze nou wil of niet. Naar school gaat hij, Casper Pluis, na de zomer in zijn eentje, met de bus. En natuurlijk gaat hij met de bus naar Elvig. Voor de rest ziet hij het nog wel, de bus brengt je overal.

'Misschien dat je met deze kaart naar die Salo-monseilanden kan.'

'Vast. Er zit het maximumtegoed op. Wat ga je daar dan doen? Je voortplanten?' zegt Elvig.

'Of knikkeren, of wat je er allemaal nog meer kan doen.' Casper voelt met zijn vingertoppen de ov-chip-kaart in de zak van zijn broek.

Dan krijgen de jongens zin in een kroket en lopen de stationshal binnen, naar de snackmuur. Ze gooien wat van Elvigs muntjes in de geldgleuf. Elvig trekt als eerste het vakje open.

Casper heeft een tinteling in zijn onderbuik en voelt zich onrustig en blij tegelijk. Alsof het avontuur nu begint.

DOE HET NOU!

'Doe het nou,' zegt Elvig, 'Er is hier toch verder niemand die het hoort.'

Elvigs vader zucht. Hij is net de parkeerplaats van het sportpark opgereden en zet de motor af. Ze zijn vroeg omdat Elvigs vader zich voor het toernooi begint nog moet laten wegen.

'Ik doe het niet,' zegt hij, 'punt uit.'

'Gister deed je het nog wel! Je kunt het hun toch ook even laten horen!'

'En opa hoeft zijn oren niet dicht te houden,' zegt Casper, 'want die is toch doof.'

'Wat?' vraagt opa.

'Er gaat toch niets engs gebeuren?' vraagt oma met grote ogen.

'Mijn vader gaat jullie laten horen hoe hard hij kan schreeuwen.' Elvig gaat wijdbeens staan.

'Dat ga ik helemaal niet en nu ophouden met zeuren en mijn auto uit,' Elvigs vader houdt glimlachend het portier open voor Jansje-Marije en werpt een waarschuwende blik op Elvig.

'Flauw hoor,' zegt Elvig, 'niet te geloven, wat ben jij flauw.' Elvigs vader tilt de rollator uit de achterbak.

Daarna zijn eigen grote sporttas. Caspers moeder geeft Elvigs vader een arm. Ze heeft haar hoogste hakken aan van roze suède en haar blonde haar opgestoken.

'Mijn moeder is wel knap,' zegt Casper.

'Zeker,' zegt Elvig. 'En ze heeft gelukkig niet zo'n stierennek als al die worstelaars.'

De moeder van Casper heeft een fijn, goudkleurig kettinkje om. Toen Casper vroeg of het nieuw was, lachte zijn moeder geheimzinnig.

'Wat had u ook alweer voor beroep vroeger?' vraagt Elvigs vader aan Caspers opa.

'Mijn vader was warmoezenier,' zegt Jansje-Marije.

'Daar heb je Jansje weer,' zegt opa, 'Het moet altijd net even mooier klinken dan het is. Ze bedoelt tuinder. Ik heb in mijn jonge jaren als vakantiehulp bij een tuinder gewerkt om mijn studie te betalen. In de rooie en de witte kool.'

Elvig spitst zijn oren.'Mijnheer, was dat nog in de tijd dat de tuinders met zo'n platte boot naar de Markthallen kwamen? Was u natte tuinder?'

'Nee, dat was toen al niet meer zo,' zegt opa. 'Wat grappig dat jij daar zoveel wat weet! Hoe komt dat zo?'

'Omdat hij later de baas wordt van de markthallen,' zegt Casper.

'Wij samen,' zegt Elvig.

'Opa zit liever met zijn neus in de boeken dan in de groenten, hij is boekhouder geworden,' zegt oma.

'Accountant,' zegt Jansje-Marije.

'Hoor Jansje!' zegt oma, 'die weet altijd alles beter voor het geval iemand dat nog niet wist.'

Jansje-Marije draait zich om en kijkt een beetje boos naar oma maar zegt niets. Ze houdt de deur van het worstelgebouwtje open.

'Geen geruzie,' zegt Casper, 'anders verbouw ik jullie tronie.' Dat soort taal, daar houdt zijn moeder helemaal niet van, maar hij zegt het toch.

'Goed zo,' Elvig knipoogt en knijpt in Caspers schouder.

Casper zou oma best met mama willen zien worstelen. Oma is twintig kilo zwaarder dus als die bovenop ligt kom je niet snel weg, maar mama traint drie keer per week, dus die heeft een betere conditie. Hij zet in op zijn moeder.

'Vind je het wel leuk dat je moeder ook op onze camping staat?' vraagt Elvig.

'Ze is Ter Observatie,' zegt Casper. 'Misschien stuur ik haar naar huis.'

Zijn moeder had raar gekeken toen hij dat tegen haar zei. 'Ter observatie. Kereltje, waar haal je het vandaan.' Ze schudde haar hoofd. 'Nou, dan zal ik mij maar goed gedragen. Anders word ik door jou weggestuurd, als ik het goed begrijp.'

'Ja,' zei Casper, want zo is dat.

Ondertussen komen er meer wedstrijdworstelaars aanlopen, van verschillende verenigingen, in trainingspakken, met grote sporttassen aan hun hand of over hun schouder geslingerd. Allemaal breed, met dikke dijen die bijna tegen elkaar aan schuren, kort geknipt en fris gewassen haar, met worsteloren in allerlei vormen. Ze stappen stoer de stoep op en gaan het worstelgebouw in.

Casper en Elvig rennen de zaal in want ze willen wel vooraan zitten natuurlijk.

WORSTELTOERNOOI

Elvigs vader staat in het midden van de ronde mat in brugstand en probeert zich uit een greep te wringen.

'Als je je tegenstander vijf seconden met beide schouders tegen de mat drukt, heb je gewonnen,' legt Casper zijn moeder uit.

De matscheidsrechter gebaart dat het over is. Caspers moeder gaat staan en klapt uitbundig in haar handen. En dat terwijl Elvigs vader op zijn rug ligt en de wedstrijd heeft verloren. Hij moet na de pauze vechten om de derde plaats. Elvigs vader, in zijn wedstrijdworstelpak, wuift vanaf de mat in haar richting. Hij lijkt het niet erg te vinden dat hij dit jaar geen eerste wordt.

'Hij had makkelijk uit die klem gekund en dan had hij die gast meteen, zo, moeten gooien,' zegt Elvig, 'met een submission. Slap hoor. Hij is niet geconcentreerd bezig.'

'Of hij had moeten wegdraaien en zijn benen pakken,' zegt Casper. 'Ik vind aanvallen het best, voor het verrassingseffect.'

Elvig knikt, 'Vol erin. Niet afwachten.'

'Tegenstander op achterstand zetten,' zegt Casper.

Jansje kijkt verbaasd omdat Casper er zoveel verstand van heeft.

Ze zitten in oranje plastic kuipstoeltjes in de zaal

van het verenigingsgebouwtje van Door Vriendschap Sterk. Het ruikt sterk naar oud zweet van tientallen en tientallen jaren hard met je vrienden trainen.

Casper gaat bij zijn moeder op schoot zitten. Die slaat haar warme, zachte mama-armen stevig om hem heen. Het is kinderachtig maar dat kan hem niks schelen.

Mama wrijft met haar neus door Caspers krullenbol en fluistert: 'Casper Pluizebol van me, wil je mij nooit meer zo aan het schrikken maken?' Casper geniet ervan. Hij slaapt weer diep en zonder zorgen, nu zijn moeder weer dicht in de buurt is.

'Ik zorg ervoor dat jij niet meer weg wil lopen,' zegt ze.

Elvig heeft geen moeder meer bij wie hij zo lekker op schoot kan. Elvig wil vast ook wel op Caspers moeders schoot. Maar dan kan niet, hij is veel te dik, dan krijgt ze pijn in haar bovenbenen.

'Heb je nog in het grote vakantieboek gelezen?' vraagt mama, 'stonden er leuke dingen in?'

'Jahoor,' zegt Casper, 'helemaal uit.'

Iemand in het publiek roept dat de scheidsrechter stekeblind is. Hij dreigt met een stoel te gooien maar doet dat niet, wat Elvig jammer vindt.

Er zijn niet veel toeschouwers, de meesten zijn bekenden van de worstelaars, zoals de marktmeester, mijnheer Wiegerick. Elvig zegt dat Casper hem ook wel bij zijn voornaam, Louis, mag noemen.

Opa bestudeert het programmaboekje voor deze avond. Hij heeft zijn leesbril op.

'Opa,' Casper stoot hem aan, 'is het nog gelukt met de bloemen?'

'Hè?' Opa kijkt op van het foldertje.

'Heeft u nog tegen ze gepraat?'

'Ik wist niet zo goed waar ik het over moest hebben. Toen heb ik ze een boek voorgelezen, *Phaedo*, van Plato.'

'Pluto, bedoelt u, die hond van Mickey Mouse. Die heet Plu-to.' Casper articuleert duidelijk zodat opa kan liplezen.

'Plu-to.' Opa zegt hem na. 'Dan weet ik dat ook weer.' En dan spreidt hij zijn armen en zegt: 'Wat vind je van mijn overhemd? Zelf gewassen. Kijk eens achterin mijn kraag.'

'Knap van u,' zegt Casper, want achterin de kraag zit geen groezelig randje, daaraan zie je of het gewassen moet, zegt oma altijd.

'Is dat zo?' Opa trekt aan Caspers krullen. Zeker bij iemand die wereldberoemd is, is dat behoorlijk onbeleefd. Casper besluit er niets van te zeggen, voor deze keer.

Het blok met de nummers 1, 2 en 3 waarop de winnaars worden gehuldigd staat klaar. Elvig zegt: 'We kunnen net zo goed nu al naar huis.'

Opa is erg enthousiast. 'Je vader kan het goed, hè?' zegt hij tegen Elvig, 'hij is toch maar mooi vierde geworden. Knap hoor.' Hij vraagt of er ook mannen van zijn leeftijd worstelen. 'Ik zou ook wel een lesje willen proberen.'

'Geen sprake van,' zegt oma meteen. Haar rollator staat naast haar stoel. 'Veel te gevaarlijk op jouw leeftijd. Je botten zijn broos en voor je het weet, breek je iets. Je gaat het niet proberen, beloof je mij dat?'

'Hmmmm,' zegt opa, 'hmmmm.' Hij knipoogt naar Casper.

LIEGEN, LIEGEN
EN NOG EENS LIEGEN

Na het toernooi gaan ze iets drinken in de kantine. Er staat een vitrinekast vol bekers en aan de wanden hangen glanzende vaantjes met franjes. De vrouw van de voorzitter werkt achter de bar. Ze wuift naar de jongens. Haar enkel zit dik in het verband, die heeft ze tijdens de vierdaagse verstuikt. Ze heeft een heel klein beetje een worsteloor, ziet Casper, het linker.

Opa steekt een sigaar op en oma zegt dat hij daar echt eens mee moet stoppen.

Elvigs vader, zijn haren nat van het douchen, staat op om voor iedereen drinken te bestellen.

'Worstelkampioenen mogen blijven zitten,' zegt Jansje-Marije.

'Ik ben maar vierde geworden, hoor,' zegt Elvigs vader.

Jansje-Marije zegt dat iemand die haar zoon zo lief heeft opgevangen, een winnaar is.

Elvigs vader legt zijn hand over die van haar en zegt: 'Ik ben blij dat je ons niet meteen weer in de steek laat en naar dat verre Japan vliegt.'

'China,' zegt Jansje, 'mijn opdrachtgever heeft het idee om ons voor een vervolgcampagne naar China te laten vliegen, om ideeën op te doen. Maar ik blijf voorlopig hier, dat is zeker.'

Ze kijkt liefdevol naar Casper en dan naar Elvigs vader.

Caspers moeder heeft verteld dat er een miljoenen-contract is afgesloten met Chinese supermarkten, die allemaal pindakaas gaan verkopen, jarenlang.

Dat ze er toch waren ingestonken, die Chinezen, na wat Elvig over ze had verteld, dat viel Casper flink tegen. Als Elvig een Chinees was, had hij geeneen potje gekocht. Geen hap genomen, al hield je een lepel vol pindakaas vlak onder zijn neus. Elvig zou gewoon doorgaan met iedereen doodsbang maken en de wereldmarkt veroveren, en dat zou hij snel voor elkaar hebben ook, dat weet Casper zeker.

Jansje-Marije loopt op haar hoge roze klikklak-hakken naar de bar. Elvigs vader kijkt haar na. Vooral haar billen.

'Je was goed waardeloos,' zegt Elvig. 'Zeker in die laatste wedstrijd. Je ging gewoon op je rug liggen.'

'Die man was bloedjesnel! Ik zag hem niet eens omlaag duiken!'

'Je moet ook naar je tegenstander kijken en niet naar de moeder van Casper,' zegt Elvig.

'Toen je hem in die hoofdheupzwaai had, had je hem snel moeten choken,' Elvig doet voorzichtig een verwurging bij Casper voor.

'Ik worstel volgens de regels, jongeman.' Een man steekt zijn duim naar de vader van Elvig op en roept: 'Goed gedaan, Witteveen!' Daarna kijkt de man eens goed naar Elvig en Casper. 'Volgens mij heb ik jullie tweetjes op tv gezien, kan dat? Jullie hebben toch die boef gevangen! Gefeliciteerd! Goed gedaan!'

Elvig rolt met zijn ogen.

Elvigs vader pakt het biertje aan dat Jansje-Marije hem met een lach voorhoudt. 'Dan laat jij volgend jaar maar zien hoe het volgens jou moet.'

Elvigs vader proost met Jansje-Marije. Zijn ogen glimmen.

'Is fris niet beter voor een sportman?' vraagt oma.

Opa port haar in haar zij, hij vindt zeker weer dat ze bemoeiachtig doet, denkt Casper.

De worstelaar die in de kwartfinale van Elvigs vader won, wordt door zijn vrienden met stoel en al opgetild en door de kantine gedragen. Hij houdt zijn beker hoog in de lucht. Caspers moeder kijkt ernaar met een gevaarlijke knor in haar ogen.

'Misschien wordt het te zwaar voor mij,' zegt Elvigs vader. 'Misschien ga ik volgend jaar een niveautje lager, naar de B-competitie. Het gaat tenslotte niet om het winnen. Het gaat om het spel.'

Elvigs mond zakt open. 'Dan kun je net zo goed thuis blijven!'

Elvigs vader fluistert en grinnikt verder met Jansje-Marije. Die tikt met haar roze nagels tegen zijn biceps.

Oma trekt een wenkbrauw op.

'Oma, hebben Casper en ik al verteld hoe we die boef hebben gevangen?' vraagt Elvig.

'Dat was me wat, zeg. Wat een schrik. Wat een enge toestand.' Oma schudt haar tengere schouders. 'We hebben het natuurlijk op televisie gezien.'

'Maar we horen het graag nog een keer,' zegt opa. 'Uit de eerste hand. Van onze helden.'

'Kijk,' zegt Elvig, 'Opa, u was de boef, ik zag u dus,

en ik rende meteen op u af, en Casper ook, en ik pakte u…'

'Maar wat deden jullie zo laat 's avonds in een vrachtauto?' zegt oma. 'Dat werd niet zo duidelijk uit dat programma.'

'Vleermuizen bestuderen,' Elvigs vader houdt Marijes handen vast.

'We gebruiken de cabine van de kapotte vrachtauto als schuilhut om bijzondere vogels en insecten te bestuderen.'

Oma knikt. 'Ik dacht al, wat een vreemd verhaal, twee kleine jongens ver na middernacht samen in een vrachtauto.'

Elvigs vader kan minstens zo goed liegen als Caspers moeder. Dus die passen wel bij elkaar.

Buiten staan worstelaars te roken en te drinken en druk te praten om de spanning van de wedstrijden van zich af te laten glijden. Ze doen grepen aan elkaar voor die ze hadden moeten doen, of die ze volgende keer gaan doen.

Het worstelgebouwtje staat in een parkje met maar weinig lantaarnpalen, en daarom zien Casper en Elvig honderden, duizenden, sterren aan de pikzwarte hemel schitteren. Er is geen bank op de hele wereld groot genoeg om die sterren in te bewaren.

Zo direct brengt Elvigs vader opa en oma terug naar Wormer. Zelf gaan ze daarna weer naar Bakkum.

Ook Casper en zijn moeder. Die heeft tot en met zondag daar een huisje gehuurd.

'Om een begin te maken,' had ze tegen Casper gezegd. 'Je hebt me met mijn neus op de feiten gedrukt.'

'Wat?' zei Elvig, 'Waar heb je haar met haar neus ingedrukt?'

'Ik weet niet,' zei Casper. 'Maar dat heb ik niet gedaan. Ik heb haar nergens ingedrukt.'

'Misschien bedoelt ze toen je haar die duw gaf,' zegt Elvig. 'Toen ze kwam gaf je haar toch een harde duw. Dat bedoelt ze denk ik.'

'Dat is omdat ze in de reclame zit,' zegt Casper. 'Ze zeggen expres dingen die niet kloppen om meer te verkopen.'

'Liegen, liegen en nog eens liegen,' zegt Elvig.

Er suist een vallende ster door het donkere zwerk, hij laat een gouden spoor achter, een gouden slakkenspoor. Misschien kan ik in mijn laboratorium vliegende slakken kweken, denkt Casper.

'Een klapper is toch geld?'

'Ja,' zegt Elvig, 'Als je een klapper maakt, dan heb je heel, heel veel geld. Dan ben je binnen. Dan hoef je voor de rest van je leven niet meer te werken.'

Casper ziet dat Elvig ietsje dikker is geworden, deze weken. Dat voelt veilig, een dikke Elvig om je heen.

Elvig staat in de zachtgele lichtkring van een lantaarn. Er vliegen motten rond de lamp. Hij zegt met luide stem: 'Jansje-Marije, die maakt mijn vader blije.'

'Wat een mooi gedicht,' zegt Casper. 'Wat een vermaledijd mooi gedicht heb jij bedacht.'

'Denk jij dat als,' Elvig krabt aan zijn neus en kijkt de andere kant op. Begint opnieuw. 'Denk jij dat als jouw moeder en mijn vader. Dat als die twee op elkaar gaan liggen…' Hij bloost, zijn wangen zijn vuurrood.

'Dat weet ik wel zeker,' zegt Casper. 'Dat staat vast. Als die op elkaar gaan liggen. Nou. Zeker.'

Dan krijgt zijn moeder ringworm. Of een andere huidziekte.

Ze denken allebei hetzelfde – maar ze zeggen het niet – dat een klapper soms geen geld is maar bijvoorbeeld een jongen, een jongen die je ontmoet bij een snack-muur op een druk treinstation.

Ze gaan hollen, gewoon rondjes hollen achter elkaar aan, over de parkeerplaats.

Colofon

Casper en Elvig worden wereldberoemder van
Hermine Landvreugd werd in opdracht van
Uitgeverij De Harmonie te Amsterdam gedrukt
door HooibergHaasbeek te Meppel.

Omslag en illustraties pagina 197 Anne Lammers
Typografie Ar Nederhof   .

Eerste druk september 2010

ISBN 978 90 6169 934 7

www.deharmonie.nl

Deze uitgave kwam mede tot stand dankzij een
werkbeurs van het Amsterdam Fonds voor de Kunst.